小学館文庫

# 夏至のウルフ

柏木伸介



小学館

# 夏至のウルフ

# 目次

# 夏至のウルフ

## 七時五六分

夢を見た。自宅の食卓、妻の笑顔。失くして久しいものだけが浮かぶ。

「早《は》よ、起きいや。ボケ！」

壬生千代人《みぶちよと》は、座席の背中を蹴り上げられた。熟睡していた。最初に聞いたのは、わざとらしい喘《あえ》ぎ声だった。

「……ああ。いや、だめ、そこ」

場末のピンク映画館にいた。松山市中心部を東西に貫くアーケード商店街〝銀天街〟の中央辺り、裏路地へ折れたところにある。二十四時間営業とはいえ、早朝だ。客は、前方に二人しかいない。

壬生は最後列の左端、ドア近くに座っていた。深夜から陣取っていたが、映画は観《み》ていなかった。寝るのが目的だ。

座席を蹴り上げた女性は、吾味梨香子《ごみりかこ》という。壬生同様、愛媛《えひめ》県警松山東警察署刑事第一課に勤務している。警部補で、強行犯第二係担当係長だ。階級、役職ともに同じだった。

薄目を開けて、吾味を見た。中背だが筋肉質、体形いわゆるプロポーションも悪くない。顔の各パーツは目鼻が際立ち、口も大きい。バランスがよいため、違和感はなかった。美人の部類に入るだろう。

吾味本人は、自分が持つ魅力に無頓着だった。化粧っ気はない。髪型も、無造作なショートボブだ。年齢は三十七歳、壬生より二つ下になる。

「何しよんぞ」

壬生は吐き捨てた。文句を言う権利はある。土日出勤で、月曜は休みだ。

「せっかく、気持ちよう寝よったのに。まあ、しょうもない夢やったけどの。今さら、あんなもん」

「あのね――」

吾味は、話を続けようとした。映画の音声が邪魔になるようだ。左耳を引っぱられた。無理やり、外へ連れ出されていく。

映画館のロビーは無人だった。受付に、六十代の館主がいるだけだ。壬生は、隅のソファに腰を落とした。まだ目覚めているとは言いがたい。両腕を上げ、大きな欠伸《あくび》をした。

「……そんなケンケンせんと、映画でも観んけんよ。面白そうやったやん。わしも、あんま観てないけど」

「あんた、阿呆《あほう》？　こんなエロ映画。セクハラで訴えちゃるけん」

壬生は館主を見た。こちらの会話は気にしていない。耳にイヤホンが入っている。何か、別のものを聞いているようだ。吾味に視線を戻す。

「で、何の用なんぞ？」

「課長が呼びよる。朝の一〇時から捜査会議やけん」

「捜査会議？」壬生はいぶかる。「何の？」

「北京町《きたきょうまち》の殺し」

北京町は、松山市中心部の繁華街だ。一番町、二番町及び三番町にまたがる。

銀天街の東端は、〝大街道〟に繋がる。市内を南北に貫く、もう一つのアーケード商店街だ。その東側一帯を、北京町と呼ぶ。正式な地名ではなく、通称だ。古くからの呼称だからだろう。最近の若者には、名称を知らない者もいる。

今月半ば、三番町において、デリバリーヘルス店に勤める女性が絞殺された。県警本部と松山東署は、特別捜査本部を設置した。捜査は難航していた。一週間以上が経過した今も、有力な被疑者は挙がっていない。

殺人班は、捜査本部に缶詰め状態だ。署の刑事第一課が手薄なため、土日も出勤する羽目となった。

　壬生は、ロビーの窓ガラスを眺めた。外が薄明るいせいか、白く染まっていた。映画館は、雑居ビルの四階にあった。周囲の建物は低い。空の様子が分かる。

　六月二一日月曜日。朝から、小雨が降っているようだ。昨晩は強い雨だった。平年より一週間遅い梅雨入りから、十日近くが経《た》っていた。蒸し暑い日が続いている。館内の空調がありがたかった。

「何で、出んといかんのぞ？　うちんとこは、強盗《タタキ》の班やのに」

「うちとあんただけが応援よ。ほかの係員は待機」吾味が嗤《わら》った。「エースの〝ウルフ〟を呼んでこいってことなんやないん？　知らんけど」

「面倒《めんど》いのお。分かったけん。風呂入ってから行こわい。昨日入ってないんよ」

「汚《き》しゃな」

　吾味が顔をしかめた。耳に触っていた右手を振る。

「あんた、こないだつき合いよった銀行の娘とはどうなったん？」

「別れた」

　壬生は離婚後、定住所を持っていない。ＯＬなどとつき合っては、家に転がりこむ。別れれば、ピンク映画館に寝泊まりする。

　若い頃に観た映画から、ヒントを得た。やはり、刑事が映画館で生活していた。作中で上映されていたのは、同じ監督による過去の作品だった。

元の住居は、離婚した妻に取られた。やさぐれ気分で、今の暮らしをしている。

「ほやろ？　携帯が繋《つな》がらんけん。ここやと思たんよ」

吾味が微笑《ほほえ》む。他人の不幸を喜ぶ邪悪な顔だ。マナーモードにしていたため、着信に気づかなかった。壬生は言う。

「大街道に、新しい温泉ができたやろ？　あそこに浸《つ》かってから行くけん。課長に言《ゆ》うといてくれん？　一〇時には間に合わすけん」

九時五八分

壬生は会議室に入った。

「千代ォ！」米田《よねだ》の怒号が飛ぶ。「遅いが！　何しよったんぞ！」

松山東署刑事第一課長だ。突き出た腹を揺らしながら、ぎょろ目を向けてくる。いつもの光景だった。

五十二歳の警部、短軀《たんく》だった。頬が垂れ下がっていて、ブルドッグのようだ。躾《しつけ》ができていない老犬といったところか。髪は短く刈り込んであった。薄くまばらなため、〝サバンナ〟などと陰口を叩《たた》かれている。

「もうちょい、優しに言《ゆ》うてくださいよ。わし、今日ほんとは休みなんやけん」

怒声は半ば無視、独り言のように呟き、壬生は席を探す。松山東署五階大会議室。最上階になる。入り口には、毛筆の〝戒名〟があった。〝三番町小路殺人事件特別捜査本部〟。

ほかの捜査員は、集合済みだ。満員に近かった。空席が見当たらない。

窓は、すべて開け放たれている。風は、まったく入ってこない。小雨の空が見える。湿気が忍び寄り、壬生の背中を汗が流れた。入浴後、ポロシャツとスラックスに着替えていた。男女問わず、室内の大半が同じような服装だった。

松山きっての繁華街で発生した事案だ。被害者は風俗店勤務。道後温泉をはじめ観光が主産業の街としては、いろいろな意味で致命的だった。早期解決が望まれている。

地元マスコミも注目していた。全国レベルで報道されてもいる。ネットも騒ぐ。被害者は風俗店勤務の短大生、無責任な風評も多い。手がかりさえ摑めない警察への批判も、高まる一方だ。時が経つごとに、捜査員が増強されていく。

空席探しは諦めた。壬生は、壁に立てかけてあったパイプ椅子を出す。最後列の、さらに後ろへ腰を下ろす。制服の女性警察官が、A4ペーパーにまとめられた捜査資料を手渡してきた。

はるか前方、最前列のひな壇には幹部連が並んでいる。型どおりの挨拶が始まった。

壬生は聞いてさえいなかった。興味は、事案内容の詳細にあった。

警視の遠藤《えんどう》が立ち上がった。県警本部捜査第一課管理官だ。マイクを手にしている。中肉中背で、五十歳まであと一年。七三分けの頭髪には、白いものが交ざっている。見た目は、典型的な官僚タイプだ。警察より、県庁や市役所が似合う。捜査も型どおりに進め、勘などは信用しない慎重さがあった。

「新しいメンバーも入ったけん。事件のおさらいしてください。村山《むらやま》くん」

ひな壇の下、一番前の列に村山はいた。起立し、捜査員の方へふり向く。東署刑事第一課強行犯第一係の統括係長だ。警部補で、殺人班のリーダーだった。

事件の説明を始める。大きな地声だった。体格のいい長身に似合っている。少し贅《ぜい》肉《にく》がついてきた。細面の温厚な顔立ちで、押しも強くない。職場に波風を立てたくない四十五歳は、上司や県警本部にも従順だ。

「事案発生は、六月一一日の金曜日。深夜二三時前後。被害者は池本《いけもと》有美《ゆみ》、二十歳」

松山市内の短大生、宇和島市出身で一人暮らしだった。夜は、デリバリーヘルス〝ぷりてぃ・めろん〟に勤務していた。三番町で、絞殺体となって発見された。ファッションホテル〝ラブの楽園〟傍《そば》の路地だ。

壬生は捜査資料を見た。被害者の顔写真がある。目がはっきりして、唇はぽってりとしている。鼻も大きめだが、気にはならなかった。顔全体がまとまっているからだ。

男好きのするタイプといえる。長い髪を、頭の上で丸めていた。短大入学式の写真だろうか。池本有美の表情は、希望に満ちて見えた。

「第一発見者は、横野茉歩《よこのまほ》とゆう女性。二十五歳で、IT企業の派遣社員です。夜は、二番町のキャバクラに勤務しとります。翌日の海外旅行に備え、勤務先を早退。帰宅途中、抜け道となる路地で被害者の死体を発見し――」

犯行現場は非常に狭い。防犯カメラの映像も残されていない。凶器は、犬の散歩等に使用されるリードだった。首に残された繊維から推定されていた。量販品のため、販売ルートからの追跡は不可能だ。

「犯行当日。マル害は二一時前に、当該ファッションホテルへ送られとります。二時間コースのプレイやったそうです。二二時五五分、送迎担当者に終了の連絡が入りました」

送迎担当者は車で向かうが、池本は現れない。携帯でも連絡はつかなかったため、いったん事務所へ引き上げた。横野からの一一〇番通報は、そのあとになる。

「客の身元は不明。電話受付の担当者に確認しましたところ、客は西寺正忠《にしでらまさただ》ゆうて名乗ったとのことです。連絡は、公衆電話からされとりました」

その後の連絡には、ホテルの内線が使用された。携帯は、自宅に忘れてきたと言ったらしい。告げられた携帯番号は、本人のもので間違いない。

西寺は、松山市内の地方銀行支店長だった。四十九歳。デリヘルに連絡した覚えはないという。当日は、支店の行員と食事をしていた。アリバイは確認済みだ。

「電話の会話は録音されとりません。受付担当者に確認しましたが、声による識別はできませんでした」

名前を使われた人間には、アリバイがある。被害者を呼び出したのは、誰か。客の割り出しに焦点が絞られてきた。

捜査は暗礁に乗り上げ、現在に至る。

説明を終え、村山が座った。会議室に沈黙が下りた。

「わざわざ、応援痛み入るのう」

沈黙を破る声がした。県警本部の新澤《にいざわ》だった。捜査第一課強行犯捜査第三係長だ。恰幅《かっぷく》のいい長身が立ち上がっていた。四十二歳の警部だ。眉の骨が出っ張り、目が落ちくぼんでいた。凶暴そうな顔立ちのためか、マル暴が長い。殺人捜査は、今回の異動が初めてだろう。性格は攻撃的、粘着質で執念深くもある。

「ウルフさんらの、お手並み拝見とさしてもらおかあ」

捜査会議で、勝手な発言など許されない。管理官の遠藤、東署刑事第一課長の米田ともに黙認していた。事情を知っているからだろう。壬生も、だ。ウルフと呼んだが、別人への発言であることも分かっている。

実際、新澤は壬生を見ていない。見ていた相手は、吾味だ。嫌味な口調で続けた。

「統括係長が不在やっても、きちんとやれるんやろお？　ほやけん、病院送りにしたんやもんのお」

統括係長は、担当係長より上席になる。実質、係を束ねる役職だ。

「ほら、あんたらみたいなとろいんとは違わい」

吾味が言う。新澤の視線には、当然気づいている。

新澤の額に、ミミズ大の血管が浮かんだ。顔は紅潮している。

「何ぞお、その言い草は！」

「ほんとのこと言《ゆ》うて、何がいかんのよ！」

「お前ら署の人間は、県警本部の言うことに従《したご》うとったらええんやが。何を偉そうに吐《ぬ》かしとんのぞ」

「……それはどうやろか」壬生が口を挟む。「元々、県警本部の捜査一課と、東署の刑事課は同格やけん」

新澤の視線が向く。落ちくぼんだ目が、怒りに燃えている。

「何年前の話しよんぞ、お前！　そんなんとっくに解消されとろが」

都道府県警察本部の課長と、各署長は同じ階級の警視であることが多い。本課いわゆる本部の所属と、各署は同格といえる。筆頭署のみ、署長が警視正だ。

松山東署も筆頭署にあたる。松山市の官庁オフィス街や観光地、繁華街等を所管している。愛媛県の中枢をカバーする形だ。多忙を極めていたため、強い権限が与えられてきた。

ゆえに、刑事課長も本課同様の警視だった。ほかの署は、警部だ。同格扱いによって指揮系統が乱れた。さまざまな軋轢《あつれき》や、対立の元となった。

主に本課サイドからの要望で、他署同様の格付けとなった。是正されて久しい。壬生も当然、承知している。あえて、状況を引っかき回していた。悪戯《いたずら》半分、ムカつき半分だ。

「ふん！」吾味が鼻を鳴らす。「あんたらの寝とぼけた指示に従うとったら、足がドブに落ちるけん」

「〝ゴリ子〟が、何言よんぞ！」

吾味梨香子、略してゴリ子。誰が言い出したのかは、今や不明だ。追究しようとする者もいない。やぶへびなど、皆ご免だ。

新澤は、呪詛《じゅそ》を吐き散らし続ける。

「〝道後動物園〟の檻《おり》にでも入っとれや、コラ！」

道後動物園とは、東署強行犯第二係の通称だ。蔑称といった方がいい。

昭和末期まで、道後公園には県立の動物園があった。現在は、砥部町《とべちょう》に移転している。

「ひどい！」吾味が、両掌《てのひら》で顔を覆う。「セクハラやん。信じれん。なんで、うちがゴリラなん。こんなとこで、もう働けん！」

立ち上がり、吾味は会議室を飛び出していった。壬生は欠伸をした。伝家の宝刀〝嘘泣《うそな》き〟だ。

吾味は何かと女を持ち出したり、セクハラ等と騒ぎ立てる癖がある。まだまだ男尊女卑の激しい田舎警察だ。彼女なりの処世術かも知れなかった。

壬生や幹部などは慣れているが、戸惑う捜査員も多数いた。若手に多い。ウブな連中だ。

遠藤管理官が、ふたたび立ち上がった。マイクで叫ぶ。

「会議中止！」

「千代ォ！　ちょお来い！」

米田が怒鳴る。こちらは地声だ。猛犬が、歯をむき出している。

一〇時三五分

壬生に米田、遠藤と新澤。四名は、署の二階へ向かった。刑事第一課の応接セットに座った。部屋が狭い分、湿度が増している。

「まあ。吾味は、いっつもあんなもんやけん。こらえてつかあさいや」

米田が、県警本部の二名を取りなした。現在の東署各課は、本課と同格ではない。

「課長さん、すまんですけどなあ。わしゃあ、あの〝ゴリ子〟だけは赦《ゆる》すもんじゃないんやけん」

新澤が吠《ほ》える。額の血管も浮き出たままだ。

壬生が所属する強行犯第二係の統括係長は、草野《くさの》という。長身で細身、覇気がなかった。警察官としては気弱だ。夏枯れした草を思わせる。雑草の逞《たくま》しさなどはない。ついたあだ名が〝道後動物園のエサ〟。

現在は病気療養中だ。メンタル面が、主な理由だった。一般には、吾味との対立が原因といわれている。壬生は、そう考えてはいなかった。

一つの係に、係長が複数存在する。階級も同じだ。警部補の人員増からくるポスト不足による。人によっては、気も遣うだろう。

もしくは、相性の問題か。警察業務は、少なからず他人の人生を左右する。人間関係は重要だった。気が合わなければ、大小さまざまな問題を生む。二人どちらのせいでもない。組織とはそういうものだと、壬生は思っている。

新澤と草野は、同期で親友だった。だから、新澤は吾味を目の敵にしている。それはそれで、無理もない。

「草野は、わしなんかよりよっぽど優秀やったんやけん」

新澤の顔が歪《ゆが》んだ。凶暴な顔が泣き出しそうに見えた。

「あがなメスゴリラに潰された思たら、マジで我慢できんのやが」

「それはともかく」

管理官の遠藤が告げる。官僚顔は涼し気でさえある。

「東署さんも、もう少し協力的な態度で臨むようにさしてくださいや。ほやないと、こっちも困るけん」

言い捨て、遠藤は立ち上がった。新澤を促す。揃《そろ》って、軽く頭を下げた。

「クソ馬鹿どもが。よもだぎり言《ゆ》うて」県警本部が去ったあと、米田が吐き捨てる。

「ほやけん、お前らは道後動物園なんて言われるんやが」

〝よもだ〟は、あんたのあだ名だろう。壬生は内心思った。伊予《いよ》弁で〝いいかげん〟や〝ふざけている〟等を意味する。

「それ、前読んだ警察もんの小説にありましたよ。動物園がどうとか」

「わしも、髙村薫《たかむらかおる》ぐらいは読んどらいや」

一言吠えてから一転、米田が真剣な表情になった。ブルドッグ状の顔を寄せてくる。

「今、県警本部は、ぴりぴりしとんやけん。知っとろが」

「例の情報漏洩ですか？　わしは、眉唾やと思いますけどね」

県警内で、被疑者を取り逃がすなど捜査ミスが相次いでいる。内部情報が漏れているのではないか。いつしか、まことしやかに囁かれ始めていた。壬生は続ける。

「何にせよ、うちの管内では起こってないけん。関係ないですよ」

「気楽でええのう、お前は」

老犬は諦めたように、息を吐いた。

「それより、千代よ。何とかならんか？」

「県警本部と東署のケンカなんか、放《ほ》っといたらええんですよ。いつものことなんやけん」

「ほんなん、どうでもええんやが。北京町の殺しよ。あがな奴らに任しとって、ことになる思うか？　何とかしてくれや、千代」

面倒なことになった。壬生は心中、息を吐き出した。

「……分かりました。今晩でも〝檀家《だんか》回り〟してみますけん」

「捜査会議、中止になったぞ」

四階の階段踊り場、壬生は吾味を見つけた。冷房が入っていない署内では、涼しい場所だった。手すりにもたれかかり、缶コーヒーを飲んでいた。平然としている。

〝号泣〟していたのが嘘のようだ。

「あんな奴《やと》ら、なんか言いよった？」

「別に」

「うちの〝泣き〟も神通力が落ちたねえ」

「アラフォーの嘘泣きが通用するほど、県警も甘ないわい。相変わらず揉《も》めてくれるのう」

「かなりキレとったけんね」

「何で？」

「マル害の娘。宇和島で、母一人子一人よ。お母さんがパートで育てて。親は地元におって欲しかったんやけど。〝今どき短大ぐらい出とらんと、ええ仕事ない〟ゆうて、松山出てきて。風俗で生活費稼いで。何で、あんな殺され方せんといかんの？」

「…………」

「それを、捜査本部《ソウホン》のクソ馬鹿どもがとろとろしよるけん。ちょっとね」

吾味の目には力があった。応援の件は、自ら志願したのかも知れない。壬生も巻きこむ形で。

「うちは、ともかく」吾味は空き缶を握りつぶす。「あんたやったら、何とかできるやろ？」

「まあ、やってはみるが」

壬生は、軽く首を回した。皆、気楽に言ってくれる。

「それより、今晩つき合え。北京町に行くけん」

「おごってくれるん？」

「阿呆。檀家回りよ」壬生は鼻を鳴らした。「夕方まで休んどけや。もう本課と揉めなよ」

一七時五六分

壬生は吾味とともに、二番町へ向かった。

夕刻まで待った。夜の街だ。昼は、搬入業者ぐらいしか見当たらない。雨はやむ気配がなかった。傘を手に出かけることとなった。

一方通行の道路沿いには、飲食ビルが立ち並ぶ。建物から突き出た看板へ、灯が点《とも》り始める。バー、スナック、キャバクラ、各種風俗その他。何重にも、縦に連なっていた。

街は小雨に煙り、白い空はまだ明るい。潤んだネオンは、くすんで見えた。

コンビニエンスストアの灯《あか》りが眩《まぶ》しい。老舗の全国チェーンだ。数年前まで、愛媛県内にはなかった。進出が始まり、瞬く間に広がった。今では、数キロごとに見かける。

「東京みたいになってきたのう」

壬生は呟《つぶや》いた。吾味も、コンビニへ視線を向けている。

「ここ、前はパン屋やったんやけど。北条《ほうじょう》生まれのおいさんが、家族でしよってね。いっつも焼き立てで、美味《おい》しかったんよ。高校の頃、よう行ったわい」

「街も変わっていくけんな」

「寂しいね」

地元経済の疲弊は、深刻なままだ。閉店する店は、大手資本に変わる。地方都市には、ありふれた風景だった。

壬生と吾味は、老舗ラーメン店に入った。中央のテーブル席に座る。夜の営業が始まったところだった。〝事件がのびる〟。古くからの験《げん》を担ぎ、麺《めん》類は避けた。ウーロン茶で、おでんを突《つつ》く。

「お待たせしたっす」大沼武史《おおぬまたけし》が現れた。「遅れてすんません」

檀家回り。地元の有力者や協力者を回り、情報収集することをいう。捜査活動である以上、二人一組が原則だ。そのため、吾味を連れてきた。

大沼は、三番町無料観光案内所に勤めている。壬生の協力者だ。驚くほどの地獄耳を持つ。松山、中でも歓楽街の情報に精通している。

百九十センチの長身で、極端に痩せていた。顔は細く、頬もこけている。切れ長の目だけが、シャープな印象だった。本人が言うには、女性の人気は高い。

高校を中退し、十代後半は半グレ集団に属していた。警察にもいい思い出はないらしい。嫌いだと公言しているが、壬生に対しては、初めて会ったときから拒否反応が少なかった。

「何か、相通じるもんを感じたんですよ」

大沼は言ったことがある。壬生は、そう思っていなかったが。

紆余曲折《うよきょくせつ》を経て、協力者となった。飯をおごれば、情報をくれる仲だ。吾味とも、初対面ではない。

大沼は、向かいに座った。ラーメンとレバニラ炒めを注文する。今から仕事なので、アルコールは遠慮するという。

時候の挨拶と世間話をする。核心の話題は食べながらがいい。注文の品が届き、壬生は切り出した。

「タケシよ。デリヘルの〝ぷりてぃ・めろん〟ゆうんは、どがいな店なんぞ？」

大沼がラーメンをすすり、レバニラを頬張った。

「それ、例の殺しですか？　三番町の」

　ほうよ、と壬生が応じた。食べながら、大沼が答える。

「まあ、優良店やと思いますよ。サービスは一流。人気も上々。客層も悪ないです。この不景気に、経営も安定しとりますしね」

「被害者の評判は？」

「〝みお〟さんですかあ？」

　大沼は、池本有美を源氏名で呼んだ。

「小柄で、巨乳ゆうほどやないけど、スタイルもええし。性格も明るい。若いし。評判上々ですよ。店でも一、二を争う人気やったんやないですかね。おれが安心してあの店を客に薦められたんは、彼女のおかげもありましたわい」

「表向きは、ほんなとこやろ。裏は？　何か聞いたことないんか？」

「これ。おれが言《ゆ》うたゆうて、言わんといてもらえますかあ」

　大沼の箸が止まった。珍しく歯切れが悪い。

「あくまで噂《うわさ》やけん」

「言《ゆ》うわけなかろが」

「その店経営《や》っとんは、株式会社たん企画ゆうんですが」

　大沼は続けた。箸は、レバニラの皿に置かれたままだ。

「代表取締役は丹豪也《たんかつや》。新居浜《にいはま》の出身らしいです」

新居浜市は東予地方にある。愛媛県は、東西及び南に長い。地図で見ると右手から東予、中予と南予に分かれる。言葉や文化にも違いがあった。被害者の出身地、宇和島市は南予に当たる。

「それは知っとる」

壬生は答えた。捜査資料にあった事項だ。

「会社自体は、ブラックゆうわけでもないいんやけど。社長の丹には、嫌らしい噂があって」

どんな、と壬生は訊《き》いた。少しためらい、大沼は口を開いた。

「……丹は、我がとこの風俗嬢を〝親にばらす〟とかゆうて脅して、愛人にしよるとゆうんです」

「マジ？」

吾味が眉をひそめる。大沼は念を押す。

「証拠はないいんですけど」

「すまんかったの」吾味とともに、壬生は立ち上がった。「勘定は済ましとくけん。あと、これもよかったら食うてくれ。残りもんで悪いけど」

代金を払い、壬生と吾味はラーメン店を出た。向かいに、新しいガールズバーがあった。中央資本の出店だ。以前は、地元ふるさと料理の店だった。若手の頃、何度も宴会をセッティングさせられた。

寂しいね。吾味の言葉は、正しいかも知れなかった。

一八時四八分

壬生と吾味は、路面電車に乗った。地元では、市内電車と呼ばれている。何系統かあるが、道後温泉へ向かう路線を選んだ。終点まで向かう。

道後温泉駅で降りた。松山で、もっとも賑《にぎ》わう観光名所だった。小雨は続き、薄明るい。空が暮れ始めるのは、まだ先だ。陽《ひ》が長くなっている。蒸し暑さは、収まる気配がない。

巨大なからくり時計が見える。一九時になれば動き出す。人だかりができていた。傘の花が咲いている。

隣にはアーケード商店街の入り口があり、中には土産物屋等が並ぶ。壬生と吾味は、傘を差さずに走りこんだ。観光客が行き交っている。突き当たりを右に曲がれば、道後温泉本館に着く。左は、風俗店の集まる地区になる。

「風俗嬢脅しとるって、マジやろか?」

歩きながら、吾味が呟く。壬生は、首を傾《かし》げただけだった。

アーケードが途切れる。傘を差し、左へ向かう。飲食店やコンビニエンスストアが見える。進んで、今度は右折する。ソープランドや、ファッションヘルスといった店舗型風俗店の並びを抜けていく。

呼びこみの男が話しかけようとして、立ち止まった。吾味がいるからだ。女連れの風俗客はいない。

宵闇《よいやみ》の始まる一角へ入った。街灯も少なく、さらに暗い。五階建ての雑居ビルがある。看板は見当たらない。デリバリー系風俗の事務所が集まっている。

ぷりてぃ・めろんのオフィスは三階にあった。階段を上る。

室内には、数台の電話とパソコンが据えられている。小さなTVもある。零細不動産業者といった感じだった。風俗営業を彷彿《ほうふつ》とさせるものはない。

二人の男が待機していた。壬生と吾味は、警察手帳を提示した。

「東署ですが。お仕事中すんません。ちょっと、お話聞かせてもらえますか？」

同店オフィスに、女性従業員は詰めていない。事前に調べてあった。市内の好きなところで待機させる。客から電話が入る。送迎担当が、車で迎えに行くシステムだ。

若い方は増本大典《ますもとだいすけ》という。電話受付の担当だった。もう一人は、久保田一朗《くぼたいちろう》。女性の送迎を担っている。これも、捜査資料にあった。

増本は長身痩軀《そうく》で、整った顔立ちをしている。流行を気にしない短髪で、聡明《そうめい》な印象を与えている。

久保田は、中肉中背だ。目を始め顔のパーツが、すべて細い。上目遣いが、少し卑屈な印象を与えている。

ポロシャツにチノパンと、増本は軽装で涼し気だ。対して、久保田はスーツ姿だった。

「みおさんのことやったら、もう刑事さんに全部お話ししましたけど」

増本も、源氏名を使った。久保田が口を挟む。

「池本さんは、ほんとにええ娘《こ》で。誰が、あんな真似《まね》を。うちの一番人気やったけん。わしらも困っとるんですよ」

「いや」壬生は告げた。「今度は、会社のこととかを聞かせてもらえたら思いましてね。警察の仕事は、何もかも調べないかんけん、面倒なんですよ。ちなみに、社長さんは君らから見て、どんな人です？」

「社長ですか？　今までのバイト先と比べたら、感じのええ方やと思いますけど」

増本が答えた。隣で、久保田もうなずく。上目遣いで、様子を窺《うかが》ってくる。

「会社自体は、どんな感じで？」

「ええですよ」今度は、久保田が答えた。「わし、高校中退で。ロクな仕事ないけん。派遣とか臨時ぎりで。ブラックなとこが多うて、死にかけましたよ。ここは、社長始めぇえ人ぎりやけんね。送迎のときなんか、車で若くて可愛《かわい》い娘とお話もできますし。天国です」

「……まあ、ゆうても。しょせん風俗ですけんね」

増本が鼻を鳴らした。捜査資料では、大学生のアルバイトとなっていた。西予《せいよ》市出身で一人暮らし、松山市内の私立に通っている。キャンパス傍のワンルームが住居だった。まだ二十歳だ。

久保田は専属だが、正社員ではない。やはり、アルバイトとして雇用されていた。二十九歳、四国中央市の出身だ。現在は、土居田町《どいだまち》の単身者用市営住宅に住んでいる。

「社長さんが、女性従業員脅して愛人にしとるとかいう噂。知っとりますか？」

吾味が訊く。増本が先に反応した。

「ぼくは、聞いたことがないです」

「ほかの店の人間から、そういう噂聞いたことありますけど」久保田も言う。「実際には知らんです。被害に遭《お》うたいう娘にも会《お》うたことないですけん。売れてる店《うち》へのやっかみやないですかね？」

確認済みの事項も当たってみる。事件当日、増本は事務所にいた。客の西寺は直接、みおこと池本有美を指名してきた。特に怪しい点はなかった。声は覚えていない。受ける電話が多すぎる。

池本を送ったあと、久保田はホテル前で一時待機した。用心棒も兼ねている。何かあれば、部屋に駆けつけるためだ。問題ない旨、連絡を受けた。

急行できるよう市内、主に北京町周辺を車で流した。あとは、以前に供述したとおりだった。客は見ていない。生前の被害者に、変わった点はなかったという。

ともに、事件は警察からの連絡で知った。

「さっき会《お》うた紹介所のニィちゃんも、そやったんやけど」壬生は話題を変えた。「皆さん、みおさんて源氏名で呼ばれるんですねえ。ほうゆうルールなんですか？」

「いや、そうやないですけど。本名は嫌がる娘が多いですけんね。僕は、みおさんも源氏名で呼びよったです」

増本の答えに、久保田も続ける。

「わしは、あんまり気にしてなかったけど。池本さんには、どうしよったかな？」

「ほうですか。で、社長さんは、今どこに？」

壬生が訊くと、増本が答えた。

「白水台《はくすいだい》の自宅やと思いますけど」

揃って、風俗オフィスから出た。道後温泉駅に戻り始める。吾味が訊いた。

「次は、社長？」

「ほやの」

一九時二九分

松山市白水台は、新興の高級住宅地だ。市街を見下ろす高台にある。企業経営者も多く住んでいる。

丹の住宅は、正確には南白水となる。白水台からは、少し離れた道後平《どうごだいら》ニュータウンにあった。

壬生と吾味は、タクシーを降りた。道後温泉駅には、空車が列をなしている。一台を拾った。白水台まで、さほどの距離ではない。

空は暮れ始めていた。瀟洒《しょうしゃ》な住宅が整然と並ぶ。色や形はさまざまだが、大きさはほぼ統一されていた。一角に、丹の住居が見えた。住所は、捜査資料に書かれている。住基ネットで検索したものだ。

小雨は続く。傘を差し、住宅前へ向かった。二階建てで、白い外観をしている。ほかの住宅同様、特別に大きいわけではない。

門扉を開けた。玄関まで、数メートルの石畳がある。両脇は芝生が植えられ、子ども用の自転車が放置されていた。補助輪つきで、新品だ。右端にはガレージがあり、BMWの鼻先が見えた。新車だった。

石畳には、微《かす》かな水たまりができていた。吾味がインターフォンを押した。中から返事があった。壬生は、警察だと名乗った。

「少々、お待ちください」

渋い声が答えた。丹豪也本人のようだ。落ち着いて聞こえた。

ドアが開かれた。丹が顔を出す。部屋着だろう。薄いグレーのスウェット上下という格好だった。

長身痩軀で、細い顔は整っている。四十一歳。爽やかな青年実業家に見えた。捜査資料の写真を見たときから感じていた。簡単な経歴も記載されている。

東京の有名大学卒業、大手証券会社に勤務した。退職して帰郷、風俗業界に転身する。数年前から、株式会社たん企画代表取締役となる。当該デリヘルを始め、複数店舗を展開していた。妻と、五歳になる娘がいる。

壬生と吾味は、警察手帳を提示した。

「お休みのところ、申し訳ありません」

「有美の事件ですか?」

丹が口を開いた。平坦《へいたん》な口調だった。

ほうです、と壬生は答えた。丹が続ける。流暢《りゅうちょう》な標準語を使う。

「前にも、ほかの方がお見えになりましたが。まだ何か?」

「ちょっと、お訊きしにくいんですけどね」壬生が続けた。「被害者の池本有美さんとは、どのようなご関係やったんですかね？」

「関係？　……ああ。あの件か」

丹の顔に、薄笑いが浮かぶ。反応が気に入らないのか。吾味の表情が、わずかに歪む。

「変な話を耳にしましてね。社長さんと池本さんは、いわゆる愛人関係やったとか」

「否定はしません。もう、妻も知っている話ですので」

丹の表情に変化はない。吾味が告げる。

「ほうですか。その関係は、あなたの脅迫によるものやとゆう話もあるんですけど」

「はあ。まあ、そういう噂があることは」

丹が目を上げた。薄笑いは消えない。吾味が強い視線を向ける。

「噂、ですか？」

「はい」力強く、うなずいてみせた。「有美は、短大卒業後の進路について悩んでいました。正社員の口が、なかなか見つからないとか。今のご時世ですからね。うちの仕事だけじゃ、生活さえ苦しいようで。少し援助しようかと申し出たのですが」

「それで、愛人に？　ずいぶんと、都合のええ話やないですか？」

吾味が、あえて嘲《あざけ》る口調になる。追及の手を緩めるつもりはない。

「愛人というよりは、双方合意での恋愛ですよ。大人のつき合いです」

「それなら、金銭関係はどうやったんです？」

「いや、それは。確かに女性からすれば、スケベオヤジの言い訳にしか聞こえないでしょうね。ですが、風俗店勤務をネタにした脅迫等は一切していません」

丹の笑みが大きくなる。

「噂は仕方ありませんが。事実なら、商売できなくなる。商品に手を出さないというのは、この業界の掟《おきて》。風俗のイロハですよ」

「だが、あなたは被害者と愛人関係やった」壬生が言う。「あなたが言うところの、業界の掟とやらを破って。それは、伏せとかんといかんのやないですか？」

「愛人ではなく、大人の――」丹は目を伏せた。「いわゆる不倫ですかね。文化なんておっしゃる方もいますが。気の迷いとしか言いようがありません。実際、有美は大変に魅力的でしたし。つい、ふらふらと」

「奥さんと娘さんは？」

「和歌山にある妻の実家へ戻っています」

「ちょっと、署までご同行願えませんかね？　車はこっちで用意しますけん。吾味」

揺さぶってみるか。吾味が、スマートフォンを取り出した。迎えの車両を依頼する。

予想していたか、丹に特別な反応はない。

「任意ですよね？　分かりました。着替えだけさせてください」

どうぞ、と答えた。丹が奥に消えた。壬生は、物音に耳を澄ました。家の裏手は、高台になっている。確認済みだ。逃げようとすれば、数メートル飛び降りるしかない。

「どう思う？」

壬生は、吾味の耳元でささやいた。丹には聞こえないように、だ。

「奥さんがおらんのは、ほんとやろ」吾味も小声で返す。「家の中、荒れとるけん」

「ほうかあ？」

壬生の目には、整然として見えた。女性特有の感性だろうか。

「お待たせしました」

丹が現れた。薄いブルーのYシャツと、濃紺のスラックスに着替えている。タイはない。

「じゃあ。お願いできますか」壬生は告げた。「もうすぐ、迎えの車が来ますけん」

二〇時〇二分

松山東署取調室内。

参考人の任意同行だが、通常の取調べと同じ手順を取った。捜査第一課の巡査部長が、記録を取る。警務課へ、監督も依頼した。部屋の奥側に、丹が座る。向かいへ、吾味とともに構える。

頃合いを見て、壬生は切り出した。

「ご足労いただきまして、すまんですねえ。奥さんには愛人の件、どのように?」

「ですから愛人ではないと、何度も」丹は、軽く天井を仰いだ。「警察の方には、言ってても分かってもらえないかな。〝天に誓って、浮気は初めてだ。有美とも別れる〟と言いました。妻は〝一回だけは赦す〟と答えてくれて」

「なるほど。でも、奥さん。ご実家に戻られてるんですよねえ」

「ええ。気持ちの整理をしたいので、実家でゆっくりしたいとのことでした」

「池本さんが殺された晩は、何を?」

「妻が和歌山へ向かうので、その準備を。翌日の朝、松山空港へ送っていきました」

「奥さんにも確認したいんで。和歌山の連絡先、教えてもらえんですか?」

「はい。妻の携帯は――」

丹は番号を告げた。吾味はメモを取り、部屋を出ていった。壬生は一呼吸置いて、座り直した。

「じゃあ。池本さんとは別れることになってたゆうことですねえ。その別れ話が、揉めたゆうことはないんですかね?」

「有美には、まだ話していませんでしたから。どう切り出そうかと迷っていたら、あんなことに……」

「ほうですか。関係の清算を先延ばしにされた理由は、何やったんですかね？」

「贖罪《しょくざい》の気持ちが整理できなかった——」一瞬、答えを区切る。「そんなところでしょうか」

丹は話し始めた。新居浜の実家は、小さな魚屋だった。スーパー等の大型店に押され、子どもの頃から貧しかった。一念発起して東京へ。何とか、有名証券会社に就職できた。

待っていたのは、過酷な労働だった。物価は高い。奨学金の返済もある。仕送りも、ままならなかった。

身体《からだ》を壊したため、退職のうえ帰郷した。田舎では、ろくな仕事もない。ましてや、中途採用だ。実家の店も、経営は悪化する一方だった。

仕方なく、風俗業界に入った。たまたま水が合っていたのか、一本立ちまでこぎつけた。複数の店舗を構えることができた。結婚もし、子どもをもうけた。高級住宅地に、家も建てられた。両親は魚屋を畳んで、悠々自適の生活を送っている。

問わず語りの生い立ちを、壬生は遮らなかった。話すに任せた。

「ですが、自分の仕事を立派と思ったことは一度もありません」

丹の視線が向いた。こちらの表情を窺っている。

「職業に貴賤《きせん》はないし、風俗業にも意義はある。頭では分かっているのですが、どうしても、女性を性的に搾取しているという意識が抜けませんでした。有美との関係は、罪滅ぼしのつもりでもあったんです。ご理解いただけないとは思いますが」

ドアがノックされた。失礼と告げ、壬生は外に出た。吾味が戻っていた。

「奥さんは認めたよ。丹の供述どおりに。どう思う？」

「あれは〝ない〟やろ」壬生は首を回した。「嘘が薄すぎる。訊いてもないのに、不幸な生い立ちを語り出したり。油断のならん男やけん。成功するだけのことはあらい。ほんな奴が殺しなんかしたら、もっと準備してくるやろ。女房も、アリバイ証言したんやろが？」

壬生の言葉に、吾味は不満気だった。

「何、言よん。旦那がパクられたら、慰謝料も養育費もパアなんよ。偽証ぐらいするやろ。そんな甘いことやけん、銀行の娘にも捨てられるんよ、あんたは」

「ほんな、ひどいこと。よう言《ゆ》うわい」

「帰す？」

壬生はうなずいた。吾味は、鼻から荒い息を吐いた。

二〇時三九分

参考人を帰宅させた。警察車両で送ると告げたが、断られた。タクシーで帰っていった。

丹の態度から、怒りは感じられなかった。喰《く》えない成功者は、最後に言った。

「有美の仇《かたき》をお願いします」

見送りを終え、壬生と吾味は捜査本部へ戻った。二〇時を過ぎても、喧騒《けんそう》は続いていた。煌々《こうこう》と照らす蛍光灯の下で、捜査員が右往左往している。今まで以上に慌ただしい。

開け放たれた窓では、網戸で蛾《が》が雨宿りをしている。小雨から、霧雨に変わりつつあった。風はなく、昼間と同じ蒸し暑さだった。

「焦って、パクったりせんでよかったのう」

捜査第一課の新澤が近づいてきた。落ちくぼんだ目が光り、酷薄な唇は歪んでいる。

「白水台に住んどる社長さまやけん。あがな者《もん》を誤認逮捕しとったら、本部長更迭もんやぞ」

「やかんしい！　あんたらがとろとろしよるけん、うちらが助けてやりよんやろが。

礼ぐらい言えや、ボケ！」

　吾味が食ってかかる。新澤とは、手を伸ばせば届く距離だ。

「それに、あの丹が〝なし〟やと決まったわけやないけんな。そっちこそ、何か進展はあったんか？」

「ほうよ。お前らが、見当違いんとこ突《つっ》きよるうちにのぅ」

　新澤が鼻高々に告げる。背後に、管理官の遠藤がいた。仲裁にでも来たのだろう。〝くそ忙しいのに、子どもの口喧嘩《くちげんか》はごめんだ〟といったところか。壬生は訊いた。

「誰か挙げたんですか？」

「マル害が相手しとった客、身元が割れたけん。挙げるんも、すぐよ」

　新澤が自慢気に言う。壬生は、続けて訊く。

「誰です？」

「西寺正尚《まさなお》」遠藤は、平静に答えた。「例の銀行員、西寺正忠の兄貴よ」

　無職の五十二歳。正忠の兄で、自宅にひきこもりがちという。同居している弟の名をかたったものと思われる。

　防犯カメラ映像が、二つ採取されていた。被害者が呼ばれたホテル内と、西寺宅近隣にあるコンビニエンスストアからのものだ。比較したところ、顔は不鮮明だが、歩容鑑定システムの結果は一致した。同一人物とみて間違いない。遠藤が続ける。

「裁判所に、逮捕状《ふだ》請求する準備しよるけん」

身柄確保の準備等に加え、裁判所への事務手続きもある。捜査本部内が慌ただしい理由も、ようやく飲みこめた。

「すまんかったのう。無駄足踏まして」

新澤に顔を覗《のぞ》きこまれ、吾味が露骨に嫌な顔をする。

「別に、無駄やないわい。顔近づけんなや。口が臭いんよ！」

吾味の言葉に、新澤の表情が強《こわ》ばった。

「……どうせ、しょうもない噂、真に受けただけやろが」

「しょうもない噂、真《ま》に受けただけ」壬生は呟いた。「ほうか……そういうこともあらいのう」

東署刑事第一課長の米田が走り寄ってくる。

「もう、喧嘩は大概に……ん？」

米田は、壬生の変化に気づいたようだ。吾味も、新澤から視線を外す。

無意識のうちに、壬生は右眉を触っていた。瞳孔が開き、視界が白く眩しい。肉食獣が獲物を狙うように、焦点が遠方の一点に定まる。

壬生は集中していた。周囲の状況や物音。感じはするが、五感をすり抜けていく。

「やっと〝狩りモード〟に入ったか」

米田が呟く。吾味も、短く鼻を鳴らした。

「遅いんよ、エンジンかかるんが」

壬生には、独特な嗅覚があった。事件が大詰めを迎えると、発動する。狩りモードなどと呼ばれていた。スポーツなどでいうゾーンに入った状態だ。ウルフと呼ばれる所以《ゆえん》でもある。

「管理官」壬生は、遠藤に向き直る。「逮捕状《ふだ》の請求。ちょっと待ってもらえんですか？」

「何でぞ？」

遠藤はためらった。管理官に、米田も頭を下げた。

「わしからもお願いします。ちょっとだけ時間やってつかあさいや」

「やっぱり、丹は〝あり〟やろ？」

吾味が近づいてくる。社長犯行説を、まだ諦めていないようだ。

逮捕状請求の件は、管理職に任せる。壬生は、吾味へ声をかけた。

「うちの係、誰が待機しとる？」

「〝雁《がん》さん〟と〝チンピラ紙〟」

いぶかしげに、吾味が答える。巡査部長の山下聖《やましたきよし》と、巡査の平上美玖《ひらがみみく》。平上だけならともかく、山下もつければ大丈夫だろう。贅沢が言える時間も、余裕もない。

「すまんが、呼んでくれ」壬生は告げた。「頼みたいことがある。わし、準備しとくけん」

二二時四八分

二番町のコインパーキング。北京町は、不夜城と呼ぶにふさわしい賑わいだった。霧雨の向こうでは、煌《きら》びやかな電飾が空を焦がしている。夜は、まだこれからだ。駐車場は満車だった。灯りも少ない。デッドスポットのように、暗闇をなしている。自動精算機へ入金すると、ロック板が下がる仕組みだ。

壬生と吾味は、一台の乗用車に近づいていった。トヨタ・プリウスだ。ボディはクリーム色をしている。もう傘は必要なかった。

壬生は、運転席のサイドガラスをノックした。窓が下り始める。吾味は助手席側へ回った。車内には、ドライバー一人のみ。逃げ道を塞いだ形だ。

乗っているのは、久保田一朗だった。デリバリーヘルス〝ぷりてぃ・めろん〟の送迎担当者だ。

「刑事さん。わしに、何か用ですか？」

久保田が、卑屈な視線を向けてくる。壬生は告げた。

か？」

「お忙しいところ、すまんのですがね。ちょっと、お話しさしてもろてかまんですか？」

「はあ。何やろか？」

おずおずと答える。壬生は話し始めた。

「事件当夜ですが。ここと同じ駐車場から、どちらへ行かれたんですかね？」

「どこゆうて、みおちゃん――」慌てて言い直す。顔色が蒼い。「池本さんを迎えに」

「それは、変やないですか？」

吾味が言う。助手席側の窓ガラスも下りている。

「池本さんから連絡が入るまで、あなたは市内を車で流しとったんでしょう？」

「プレイ終了の連絡が、二二時五五分」壬生は続ける。「あなたの業務用携帯に、着信が残ってますねえ。でも、ここに車駐《と》めて外へ出たんは十分も前。二二時四五分やないですか」

「何を証拠に、ほんな……」

壬生は、手にしていたタブレットを掲げた。映っているのは、駐車場の防犯カメラ映像だ。久保田らしき人物が、駐車場を出ていくところだった。右隅の時刻表示は、二二時四五分と数秒。

「そ、それは。……コ、コンビニで、トイレ借りよ思て」

久保田の舌がもつれる。吾味の口調が変わった。

「ええ加減にせえよ！　よもだぎり言いよったら、あとで響いても知らんで」

「今ですねえ。うちの者《もん》が、途中の防犯カメラ映像集めよるんですよ」

壬生は口調を変えない。平静なままだ。

「ホテル前までの足取りはたどれるけん。時間の問題やないですかね？　それが出揃ってから話すんは、得策やないと思いますよ」

実際、山下と平上が防犯カメラ映像を当たっている。駐車場から犯行現場まで。ホテル前にカメラはないが、そこまでの足取りなら追える。

「あんたも、噂聞いたんやろ？」

壬生は続ける。少し語尾を変えた。

「社長の丹さんが、池本さん脅して関係持ってるって。自分もできる思たんやないんか？　でも、実際にはそんな脅迫なかった。当然、被害者は断るわな。で、あんたは――」

運転席に座ったまま、久保田はうなだれた。紫色になった唇が、小刻みに震えている。〝落ちた〟か。壬生は短く息を吐いた。

供述が始まる。丹と池本の噂を聞いた久保田は、自分も真似できると思いこんだ。以前から、池本に関心はあった。ホテルへ送る途中の車で、脅迫してみた。

結果、池本から鼻で嗤われただけに終わった。

「あんたなんか、社長に言いつけてクビにしてやるけん」逆に脅される羽目となった。

「嫌なら、口止め料払《はろ》てくれん？」

「わし高校中退やし。こんな田舎、めったに仕事もないけん。ここも、やっと雇うてもろたぐらいやのに。クビにされたら……」

久保田は、途切れ途切れに語った。目に涙が浮かぶ。

「風俗の安月給じゃ、女なんか寄って来んし。チャンスや思たんです。でも、さんざん馬鹿にされて。カッとなってしもて」

「凶器のリードは、どこにあったん？」

吾味の質問に、久保田が涙声を出す。

「送迎車に常備されとるんですよ。そういうプレイをしたがる客もおるけん」

吾味と、目を見合わせた。理解不能だ。壬生は問う。

「そのあと、凶器はどないしたんぞ？」

「重信川《しげのぶがわ》の河原で焼き捨てました」

「ほうか。署まで来てもらおか。正式に手続きするけん」

「……すんません。お願いが」久保田が涙目を向けてくる。「お袋には、黙っとってもらえんですか？」

「は？」吾味が眉を寄せる。「何言よん？」

「うち、母子家庭で。ガキの頃から、お袋に迷惑ぎりかけてきたけん――」

両親は、久保田が小さい頃に離婚した。母親が、スーパーのパートで子どもを育てた。県外資本の店だ。

久保田は、いわゆるヤンキーに仲間入りする。腕っぷしも、度胸もなかった。中学、高校とパシリ同然の扱いだった。素行不良で、高校を退学処分となる。仲間の罪を被《かぶ》せられた形らしい。

「わし、どこの仕事も長続きせんかったけん。こんな風俗の仕事でも決まったときは、お袋喜んでくれて。スーツ新調せえとか。ほんなんいらんて、言《ゆ》うたんですけど」

壬生は、車内の被疑者を見た。先刻同様、スーツ姿だった。まだ新しい。蒸し暑い中、上着を着てネクタイまでしている。久保田が続けた。

「こんな真似したて、よう言わんです。……何とか、分からんようにできんですか？」

「ほら無理よ」壬生は告げた。「ほんとのこと伝えるんが一番ええ。わしらお巡《まわ》りでも、マスコミはよう抑えんしな。下手なことしたら、妙な噂が広まるかも知れん。かえって、お母さんにも心配かけるやろ」

うなだれる久保田に、壬生は続けた。

「噂で他人《ひと》様を手にかけた奴《やと》が、噂でさらに身内を悲しませる。それは避けないかんで。早よ罪を償うことよ。素直に話さんといかんぞ。検察にも、裁判でも。遺族にも謝罪して。赦してはもらえんやろけど。民事の賠償もあるし。これからが大変よ」

「でも、しょうがないわい。それだけのことしたんやけん」

吾味の言葉に、被疑者がうなずく。壬生は、車のドアに手をかけた。

「じゃあ、降りてくれるかあ？　警察の車で行こ。このプリウスは、会社に連絡して取りに来さすけん。なあ？」

二三時一三分

「それにしても、どうして、久保田がマル被と分かったん？」

吾味の問いに、壬生は視線を向ける。

「あんな奴《やと》だけが、マル害を苗字で呼びよったけんな。源氏名や、下の名前を使いたない理由があるんかな思ただけよ。あとは、駐車場で話したとおりやけん」

「ほうなん。うちは、全然気づかんかったわい。さすがウルフやねえ」

「なぜ、壬生係長はウルフって呼ばれてるんですか？」

平上美玖が訊く。流暢な標準語だ。最近のUターン組は、方言を使わないのだろうか。年嵩《としかさ》だが、丹もそうだった。

壬生も、首都圏の大学卒業後に帰郷した人間だ。父が病死したためだった。県警に入って一年ほどで、伊予弁に戻っていた。

一番町の居酒屋、個室にいた。室内は空調が効いている。壬生と平上のほかは、吾味に山下聖と計四人だ。全員が生ビールにした。美味《うま》くなるシーズンの到来だった。

テーブルには突き出しの枝豆、瀬戸内産おこぜのお造りが並ぶ。南予名産のじゃこ天はできたてだ。魚のすり身を揚げたものだが、野菜などの具は入っていない。

「前も言《ゆ》うたやろが」山下が答える。「幕末の新選組。通称で〝壬生狼《みぶろ》〟とも呼ばれとったって。そこから来とんよ」

久保田一朗連行後、壬生たちは署をあとにした。聴取から逮捕状請求、検察への送致まで一切の手続きは、従来の捜査本部員へ任せていた。吾味も合意した。

今後の人間関係維持を優先させるため、功績を譲ったのが半分。もう面倒くさくなったというのが半分だった。

西寺正尚の供述も取れていた。当該デリヘル店HPで、〝みお〟こと被害者の池本有美を見た。会いたくなったが、五十歳を超えた無職だ。風俗通いにも慣れていない。気恥ずかしさから、弟の名義を無断借用したという。

課長の米田に、係で飲みにいくと伝えた。難航していた事案の解決直後だ。上機嫌で、了承された。

山下と平上への慰労もあった。彼らが採取した久保田の映像は、捜査本部に提出済みだ。決定的な証拠となるだろう。

山下聖は、五十三歳の巡査部長だ。大柄で太目。細い目は垂れ、温和な印象を与える。見た目どおり、性格も温厚だった。強行犯第二係のムードメーカーとなっている。

平上美玖は、係一の若手だ。まだ二十八歳、巡査だった。長身痩軀、顔も整っている。落ち着いた雰囲気は、少しおっとりしているようにさえ見える。後ろで縛られた長い髪は、黒く艶があった。

東京の一流私立女子大を卒業している。生真面目で熱心だが、まだ経験不足だ。ゆえに、〝チンピラ紙〟などと揶揄《やゆ》される。伊予弁で〝紙切れ〟を指す。

優しい面もある。病休中の草野を、いつも気にかけている。

「あとは、往年の名横綱の千代の富士関にちなんでよ。あだ名がウルフやったけんな。太く整った眉といい、鋭い眼光といい。係長は、見た目もよう似とらい」

「山下主任は、なぜ雁さんなんです？」

「聖の字が違うけど、山下清《きよし》こと〝裸の大将〟ゆう偉い画家の先生がおったんやが。ドラマで当たり役にしとったんが芦屋雁之助《あしやがんのすけ》ゆう俳優で……って、もうええわい」

「それで、道後動物園ですか。でも、動物園は砥部だし、東署も道後にあるわけじゃないですよね」

平上は納得できない様子だ。山下は降参したようだった。

「理屈っぽいのう。お前は。東署は勝山町《かつやまちょう》やけど、道後も近かろが」

短く笑って、壬生は窓の障子を開けた。ワイヤー入りの強化ガラス越しに、北京町の夜空が見えた。ネオンに染まっている。吾味が近づいてきた。

「前から思とったんやけど。そんなに千代の富士と似とる？」

「さあのう」壬生は、夜空を見上げたままだ。「子どもの頃は、よう言われたけど」

「何、見よん？」

「いや。雨がやんだな思て」

雨は上がっていた。雲の切れ間から、半端な月が見える。壬生はビールを呑《の》んだ。

「今日は夏至やったな。どうりで、陽が長いはずよ。今年の夏も暑なりそうやのう」

# 洒涙雨《さいるいう》の夜

## 八時四六分

七月七日水曜日。梅雨が明けきらない七夕の朝だった。

昨夜からの雨は、明け方に上がった。薄い雲が空を覆い、夏の日差しを控えめに遮る。窓から見える勝山通りは湿っていた。アスファルトや、コンクリートの雨が乾いていない。水滴の反射により、街が白く輝く。眩しいほどだった。気温は上昇、湿度も高い。

愛媛県警松山東警察署。予算が渋い公的機関にも、空調の入る時期だった。

当直明けの壬生千代人は、洗面所にいた。簡単に身支度を済ませる。洗顔と髭剃《ひげそ》り、歯磨きだけだ。入浴は、市内の温泉を利用する。ねぐらのピンク映画館へ向かう途中にある。署内には夜間、空調が入らない。ポロシャツにスラックスの軽装だが、全身が汗ばんでいる。

二階の課室へ入った。帰る前に、係員に挨拶だけしておく。

全員、出勤していた。男性一名に女性が二名、壬生と似たような服装だった。係は計七名となる。統括係長の草野は、病休中だ。あとの二名は、西署の特別捜査本部に詰めている。遊撃班扱いとして、各署の応援を主業務としていた。

男性は山下聖。大柄な身体《からだ》を縮め、コピー機を操作している。出た腹が、排紙トレイにつかえそうだ。

女性二名は係の〝シマ〟で、パソコンに向かっている。吾味梨香子と平上美玖だ。吾味は壬生と同じく警部補で、担当係長。なぎなたの名手でもある。平上は二十八歳の巡査だ。二人に声をかけた。

「おはようさん。今日は七夕やけん。夜はキャバでも行って、織姫さん探してこおい。君たちは、故郷のため労働にいそしみたまえ。彦星さんでも来てくれたら、ええんやけどなあ」

「やかんしい。邪魔せんと、早う帰《い》ねや」吾味が毒づく。

「係長。それ、セクハラですよ」

平上の視線も冷たい。いつもどおりの流暢《りゅうちょう》な標準語だ。

最近、態度がやけに刺々《とげとげ》しい。同期の昇進が気になっているとの噂だ。

松山東署の多忙ぶりは、県内でも群を抜く。三名欠員は、かなり厳しい。応援の遊撃班だけでも戻して欲しいと進言しているが、なしのつぶてだ。

「ウルフが優秀やけん、何とか回ると思われとんやないん？　あんたのせいよ」

嫌味混じりに、吾味はよく言う。

「お前らはノリが悪いのう」

山下にも一声かけようと、踵《きびす》を返す。途端、スピーカーが唸《うな》った。

「通信指令本部より各局」

通信指令本部から、緊急連絡が鳴り響く。

「一一〇番通報あり。一番町四丁目、愛媛県庁長寿介護課に刃物を持った賊が侵入。器物を損壊したあと、手提げ金庫を持って逃走。怪我《けが》人はない模様。繰り返す――」

「おう！　強盗《タタキ》やけん」

課長の米田が、声を立てる。猛犬が吠《ほ》えているようだ。少し、白髪が増えたようにも思う。

「第二係に頼もわい。千代ォ！　お前も行けよ」

「マジで？」

壬生は顔を歪《ゆが》め、課長を見る。サバンナと揶揄される薄い頭が目に入る。アフリカの草原を駆けるブルドッグ、珍種には違いない。

「残念やったねえ」

吾味が肩を叩《たた》く。邪悪な笑みが浮かんでいた。

「いや、現代は〝働き方改革〟の時代やけん――」

「やかんしい！　早《は》よ行けや！　一係も、手の空《す》いとる者《もん》は応援せえよ」

米田が叫ぶ。山下と平上、一係の数名も動いている。吾味も続く。各人が装備を取り出す。

「織姫さんには、会えそうにないやん」

吐き捨てる吾味を睨《にら》み、壬生も渋々あとを追った。

九時〇一分

「被害総額は」庶務係長なる男が告げる。「二万三千円です」

「は？」壬生は目を丸くした。

予想はしていた。通報入電時から、疑問でもあった。県庁は基本、現金のない機関だからだ。

壬生は、被害現場の長寿介護課内にいた。県庁第一別館一階の東側になる。

男の名刺には、『愛媛県庁保健福祉部生きがい推進局長寿介護課　庶務係長　与田《よだ》征大《まさひろ》』とあった。

長身で、髪は無造作に短く刈っている。異様に筋肉質でもある。三角筋と大胸筋が盛り上がっている。白いポロシャツがはちきれんばかりだ。頬骨が出て、彫りも深い。目は細く、優し気な印象だった。

極度の緊張か、疲れているのか、右の瞼《まぶた》が、小刻みに痙攣《けいれん》していた。

愛媛県庁は、松山市一番町の西端にある。官庁街の一角、壬生にとっても馴染《なじ》みのある土地だった。

北側の背後は、山。頂に、松山城がそびえ立つ。少し下ると、二之丸史跡庭園がある。庁舎は国道、一番町通りを向いている。

東隣は、検察が入る法務総合庁舎と裁判所。西側は、松山城を囲む堀だ。中は、堀之内公園と呼ばれる。県立の美術館及び図書館、市民会館とＮＨＫ松山放送局が並ぶ。向かいは一番町通りを挟んで、ＮＴＴと松山市役所、日本銀行松山支店へと続く。

構内は東側から第一別館、鉄筋コンクリート造の十一階建てだ。奥に、六階建ての第二別館が立つ。中央には、古めかしい本館が構える。昭和初期の建築だった。頂点には、薄緑色のドームが見える。

西には議事堂が立ち、道路を挟んで、昭和まで県警本部のあった跡地がある。県国際交流センターなどを経て、駐車場となっている。美術館や図書館の利用者専用だ。

壬生は聴取を続けた。賊は、長身の男性という。背筋が伸び、頭には野球帽を被《かぶ》っていた。サングラスをかけ、口にはマスクがあった。両手には軍手、服は黒ずくめのジャージだった。身元に心当たりはない。凶器の鉈《なた》は、大ぶりなトートバッグに隠していたらしい。

賊に対応したのは、豊嶋《とよしま》桜子《さくらこ》という職員だ。四十代半ばの女性だった。与田と同じ係の担当係長をしている。小柄で顔が細く、各パーツも小さい。ピンクの眼鏡だけが映える。やはり、ポロシャツを着ていた。県庁で、夏に推奨されているスタイルだ。

証言を聞く。

「午前八時三六分頃やったと思います。朝礼が終わるんと同時に、男の人が入ってきたんです。無言で立っとって。変には思たんやけど、県民の方ですけんね。失礼があったらいかんけん。急いで向かって、〝どのようなご用件でしょうか〟って。そしたら、大きな奇声を発して――」

右手に鉈を握り、振り回した。女性係長が言うには、〝テニスの素振り〟をするように。

豊嶋の案内で、壬生は被害状況を見た。ぬいぐるみ二つが裂けていた。みきゃんとダークみきゃん、県のPR用いわゆる〝ゆるキャラ〟だ。職員用ポロシャツの胸にも、大きくプリントされている。人気が高く、本館には専用のコーナーが設置されていた。

売店ではグッズが売られ、TV番組まである。

賊は、アルミケースにも鉈を叩きつけていた。受付台代わりに使っているものだ。

天辺《てっぺん》に十か所近い裂け目がある。ほかにも、備品やチラシ類が切られている。闇雲に、刃物を振り回したようだ。ひどい暴れ具合だった。滅茶苦茶《めちゃくちゃ》ともいえる。

女性係長は悲鳴を上げた。賊は相手が怯《ひる》むのを確認し、折り畳んだA4のレポート用紙を見せた。大きく〝金を出せ〟とあった。豊嶋は、反射的に庶務係長を見た。

与田も、課内最前列の管理職に視線を向けた。数名全員が、一様にうなずいた。

「言われたとおりにせえ」

課長は、震える声で命じた。与田は自分のデスク、一番下の引き出しを開けた。手提げ金庫を取り出し、賊に渡した。

「男は、そのまま逃走したんで」

与田の口調に淀《よど》みはない。堂々とした体格、非常事態にも怯んでいないようだ。能吏と感じた。

「管理職の指示を受けて、私が一一〇番通報しました」

壬生はメモを取った。複数の警察官が、忙しく立ち働いている。

強行犯第二係始め刑事第一課と鑑識室の捜査員、制服警察官もいる。到着時に、一番町交番から臨場していた。夏用の制服が鮮やかだ。ともに、検証を始めている。慌ただしい状況だった。重ねて訊《き》く。

「被害に遭った二万三千円ゆうんは、何のお金やったんですかね？」

「親睦会費です」庶務係長が答える。「昨夕、開催した暑気払いの残金で」

各都道府県持ち回りの全国介護事業研修会が、無事に終わった。課員は、忙しい日々が続いていた。慰労と打ち上げを兼ねて、市内のホテルで暑気払いを実施した。親睦会の年間予定にはない行事だった。予算がないため、会費制で実施したという。与田が続ける。

「私のポイントカードが、割引対象やったけん。予想外に、安く上がったんですよ」

ホテルからの釣銭が、二万三千円。課員は、臨時職員も含めて三十名を超す。分割すると、大した金額ではない。了解を得て、返金はしないことにした。忘年会等に充《あ》てるため、親睦会口座へ入金する。県庁内銀行のオープンを待って、預ける予定だった。

金庫内には親睦会費の通帳や帳簿、最近の領収書なども入っていた。

「直接の業務やないけん。あとで、まとめるつもりやったんですよ。帳簿は、データで残っとるけん。会計処理にも支障はないですけんねえ」

管理職とも、挨拶は交わしている。課長の森保隆行《もりやすたかゆき》は五十代半ば、中肉中背だ。適度に濃い黒髪は、七三分けにしている。影が薄いが、温厚ではある。型どおりの対応は、顔色を窺《うかが》う態度にも見えた。

阪口紘一《さかぐちこういち》は主幹だ。課長補佐クラスとなる。五十代前半、背が低く小太りだった。

頭髪は残り少なく、半分が白髪となっている。初対面から横柄で、威圧的な言動が目立った。

「与田くん。大概にして、早よ〝情報〟作れよ」

奥から、主幹が指示を飛ばす。

「知事まで、上げんといかんやろが。急がんと。とりあえず局長と幹事課、部長までは口頭で報告しといたけん。僕と課長が」

情報とは、愛媛県独自の手法を指す。概要や方針などを、A4一枚程度にまとめたものだ。緊急及び重大な案件に使用し、事前にコンセンサスを図る。実際の決裁は、単なる押印セレモニーとなる。

各部の筆頭課を、幹事課と呼ぶ。原則、予算を所管している。

長寿介護課の職員は一部を除いて、自身の業務に専念していた。呼ばない限り、近づいてくることはない。捜査員が動いても、視線さえ向けなかった。

特に、阪口の態度は非協力的にさえ感じられた。対外的なものより、内向きの処理を優先する。役人には、よく見られる習性だ。県警も、他機関のことはいえないが。

ストレスだろうか。与田の右瞼《みぎまぶた》が、また痙攣していた。筋肉質な身体に、似合わない反応だった。事件か、上司の圧によるものかは分からなかった。

壬生は、窓から外を窺う。生け垣が、庁舎と国道を隔てる。第一別館の前は駐車場となっている。狭く、満車に近い。外部委託の警備員が整理を行っていた。入ってくる自動車は、すべてチェックされる。

樹木も多い。花がなくても、桜ぐらいは分かった。

「周辺見てきたけど」

吾味が課内に入ってくる。平上も同行している。

「それらしいんは、おらんかったわい。もう逃げたんやろ。とろとろしよったらパクられるけんな」

「警備員は、何か見てないんか？」壬生は訊いた。

「犯行直後に黒ずくめの男が、原付で出ていったんは見とる」

第二別館と本館の間には、外来者用駐輪場がある。バイクや自転車は、警備員のチェックもない。計画的犯行なら、二輪車は賢明な選択だ。

「映像もないし、ナンバーも不明やけん。あとは、出入り口の防犯カメラやけど」

各庁舎の玄関には、防犯カメラがある。あとで確認することとなるだろう。

「でも、顔隠しとったんやろ？　さすがに、そこまで抜けては――」

言葉が途切れ、吾味が視線を上げる。

「〝マサくん〟……」

「〝リカちゃん〟」与田が顔を向けていた。

壬生は、平上と顔を見合わせる。互いに、目を丸くしている。

「壬生さん、手伝《てつど》うてや」

第一係員の声が飛ぶ。巻き尺で、課内の測量を始めている。

「お、おう」近づき、巻き尺の先端をつまむ。「……ほんなに、細かく測らんでもええんと違うんか？」

「何言よん。ポンチ絵描かんといかんのに」第一係員が口を尖《とが》らせる。「早よしてや。また、〝よもだ〟がぎゃあぎゃあ言《ゆ》うんやけん」

よもだは、米田のあだ名だ。いい加減等を意味する。

検証が終了した。捜査員は撤収にかかった。壬生は告げる。

「いったん引き上げます。午後から、職員さんの聴取さしてもらいますけん。ご協力お願いします」

「あ、はい」与田の視線が、吾味から戻る。「こちらこそ、お願いします」

捜査員は、長寿介護課をあとにした。廊下を進みながら、壬生が訊く。

「あの庶務係長、知り合いか？」

「……うん」

前を向いたまま、吾味が素っ気なく答える。

「昔、つき合《お》うとったんよ」

## 一〇時二三分

「課長、ちょいええですか？」

第二係始め捜査員は、署に戻った。刑事第一課の応接セットに、米田を呼ぶ。奥に課長、隣に壬生が座る。向かいには、吾味と山下。四名は、打ち合わせを始めた。平上は、自席で事務作業に入っている。米田が口を開く。

「お疲れさん。県庁、どやったんぞ？」

「この事案は、不可解な点が多いけん」壬生が応じる。「被害額の少なさもそうやけど。ほやけん、課長。先に打ち合わせさしてくださいや」

「おう、聞かしてくれ」

壬生は説明を始めた。気がかりは、吾味が上の空に見えることだ。

「ご存知のとおり、県庁を強盗《タタ》くプロは、まずおらんのですよ。素人でも珍しいんやないですか」

「公務員は法律上、現金の取り扱いについて厳しく定められとりますけんね」山下が補足する。「取り扱う必要がある場合は、現金取扱員に指名したりしますけど。あくまで例外的な措置やけん。同じ役所やったら、まだ市役所狙うんやないですかねえ。

住民票の発行その他、手数料とかがあるけん」

「県庁の現金としては、資金前渡や入札保証金がありますけど。前者は少額。後者は現在、電子化が進んどりますけん。給料は現金支給から振込みに変わって、かなり長いですけんね。知らん人間《にんげ》はおらんでしょう」

隣で、米田が腕を組む。壬生は続ける。

「つまり、県庁に現金がないんは、業界の常識やけん。逆に、盲点と考えたかも知れんですけど。確かに、警戒は甘いんですがね。職員皆に、個人の財布でも無理やり出させたゆうんやったら、まだ分からんでもないんですけどねえ」

「ほやったら、ほかの金融機関とかでええんやないんか？」米田が問う。「県庁にも、二つの地銀から信用金庫まで入っとろが。郵便局とか。地下には、売店や食堂まであるんやけん」

「ほうですな。普通なら、そっちを狙うでしょう。鉈まで持っとんやけん、食堂の券売機でも裂いた方が金になる。ましてや、長寿介護課。名前からしても、金がありそうにない。素人に誤解を与えそうな名称の課は、ほかにいくらでもありますけんね。被害も二万は超えたけど、たまたまやけん」

壬生は首肯する。米田が首を傾《かし》げる。

「それやったら、怨恨の線かのう。長寿介護課ゆうんは、どんな仕事しよんぞ？」

目で、壬生は促す。山下がメモ帳を繰る。

「介護施設の指導及び研修に補助、働いとる介護職員の処遇その他。高齢者に関することは一手に引き受けとるそうです。大戦の事後処理まで含まれとります。旧軍人の恩給や、遺族に対する弔慰金とかですな。中国残留邦人含む引揚者への援助なんかもある。北朝鮮による拉致問題まで担当しとるとか」

「いまだに、戦争引きずっとるんか。幅広いのう」

米田が呟《つぶや》いた。山下がうなずく。

「ほやけん。外部からの相談や、苦情も多いらしいです。こじれて、トラブルになることもあるとか。介護絡みはもちろん、昔の兵隊さんや中国からの帰国者まで来ますけんね」

「県庁は、市町村なんかと比較して」壬生が引き取る。「県民と、直《ちょく》に接する機会は多くないけん。職員が、対応に慣れていない面はあるんです。特に、本庁は顕著やろと思います。ただし、地方局みたいに外部へ開いたセクションは、そういう事例もかなりあるみたいですが」

「ほやったら、その線で行ってみるかあ？」

米田が座り直す。壬生もうなずく。

「ほうですな」

吾味に視線を向けてみる。発言がない。呆《ほう》けたように、窓を見ている。壬生は言う。

「当面、怨恨の筋で行きましょわい。県庁は相談やクレーム、トラブル等は全部取りまとめしとりますけん。個人情報になるんで、平上に提供依頼の捜査関係事項照会書を作成させよります」

「分かった。その方向で行ってみてくれや、千代」

「了解です」

壬生は腰を上げる。山下も倣う。吾味は、ワンテンポ遅れた。打ち合わせは終了した。解散する。

「吾味」壬生は呼び止めた。「ちょっと、構んか？」

一〇時五一分

壬生は吾味とともに、四階の階段踊り場に向かった。

署内で、もっとも涼しい場所だ。廊下まで空調は届かないが、多少は過ごしやすい。人影もなかった。壬生は口を開く。

「立ち入ったこと、聞く気はないんやけどな。一応、事案絡みやけん。教えてくれるか。あの与田ゆうんとは、どんな因縁なんぞ？　言える範囲で構んけん」

吾味の顔が一瞬歪む。一つ息を吐き、話す。

「短大時代につき合《お》うとってね。……向こうは地元の国立大生、三つ上でね。友達の紹介やった。ま、早い話が合コンよ」

吾味は独身で、結婚歴はない。松山市内の賃貸マンションで、一人暮らしをしている。伊予郡松前町《まさきちょう》の出身。父親は農協勤務で、母親は専業主婦だ。町役場に勤める兄がいる。

「親父《おやじ》も兄貴も、古い人間やけんね」吾味は、よく言う。「典型的な男尊女卑よ。〝女は家で、家庭を守るもの〟みたいな。実際、母ちゃんはそんなタイプやけん」

町立小学校卒業後は、私立の中学校に入れられる。高校から、短大や大学までエスカレーター方式を取っている。地元では〝お嬢様〟校の一つだ。

「まあ。反発もあったんやろうね。学生時代は、なぎなた一筋で。没頭しとったわい。なかなかなもんやったんよ。自分で言《ゆ》うのも何やけど」

短大卒業後は、家族の反対を押し切って県警に奉職した。警察学校時代に剣道や柔道、逮捕術などでも頭角を現す。武術等を専門とする術科特別訓練員の推薦も受けたが、本人が断っている。

三十歳で刑事部専務となる。三十代半ばで警部補に昇進し、現在に至る。

県警内でも、問題児の一人だった。男勝りで、思ったことは口に出さないと気が済まない。形勢が悪くなると、セクハラ云々《うんぬん》と女を持ち出す。〝ゴリ子〟呼ばわりなどすれば、大騒動は必至だ。

統括係長とも、捜査方針等について何度もやり合った。吾味は、自ら引くタイプではない。草野は、防戦一方となった。まさに、〝道後動物園のエサ〟そのものだ。

そのため、草野の病気休職は、吾味が原因と見る向きは多い。間近で見ていた壬生は、そう思ってはいなかった。

吾味に対して、壬生は悪感情を持っていなかった。警察業務に対して、真摯なだけだ。多少、やりすぎな面があるとはいえ。

「で、向こうが一足先に大学卒業して、県庁に入った。翌年やろか。うちが県警に内定して。その頃よ、別れたんは」

「何かあったんか？」

「初恋とかやないんよ。でも、何か舞い上がってしもてね。なぎなたの全国大会、最後やったんやけど、うち一回戦で負けてしもて。皆を失望させたわい。結局、あれにも捨てられて。罰《ばち》が当たったたんやろねえ。恋よりマジでせんといかんことが、人生にはあるけん」

「喧嘩《けんか》でもしたんか？」

「別に」吾味は鼻で嗤《わら》う。「何となく、向こうの方が冷めていった感じで。分かるやん、ほうゆうんって空気や雰囲気で。で、そのまま自然消滅みたいな。嫌やったんやないん、女のお巡《まわ》りとつき合うんが。ほういう人おるやない」

「ほうかのう」

「もう昔の話よ。それから、いっぺんも会《お》うてないし。噂《うわさ》ぐらいは聞いとったけど。県議の娘と結婚して、子どもが一人おる。離婚したらしいわい。そのあとは知らん。顔合わしたん、十七年ぶりやけんね」

小さな田舎町とはいえ、人口五十万強の中核市だ。広いといえば広い。県警では、三千人弱が働いている。県庁は、臨時職員等も合わせて五千人と言われる。会う機会がないこともあるだろう。

逆に、狭いといえば狭い。ばったり出くわすこともある。今回のように。

吾味は微笑し、顔の前で手を振って見せた。

「ほやけんね。全然、問題ないんよ。午後にやる長寿介護課の聴取も、うちが行こわい。職員、女の人が多かったし。その方がええやろ」

福祉という業務の性質上からか、課員の過半数は女性だった。

壬生には離婚歴がある。元妻も県庁職員だ。今年度から、係長となった。八幡浜《やわたはま》支局に勤務している。昇任時は通例として、地方機関に転勤する者が多い。

「それは、クレーマーとかのリストが届いてからよ」壬生は腕を組む。「そっちが女やったら、お前に行ってもらわんといかんかも知れんけん」

「ほうやね。すまんね、心配かけて。うちは大丈夫やけん。気ィ遣わんとって」

一三時二七分

壬生は雄郡《ゆうぐん》一丁目に来た。

木造二階建てアパートに向かっている。山下を同行させた。移動には、タクシーを使った。

狭い道路を挟んで、大型スーパーと全国チェーンの電器店がある。広い駐車場は、満車に近い。

薄い曇天からは、錐《きり》で刺したように陽が射す。気温が上がり、湿度も増した。路面の雨が渇き始め、スラックスの裾から、湿気が脚を這い上がってくる。

アパートは、昭和の物件らしい。築五十年は経《た》っているだろう。屋根瓦が滑り、樋《とい》は傾いている。鉄製の階段は赤い塗装が剝げ、錆《さび》が目立つ。

ごみ集積場所に、折れ曲がった物干し竿《ざお》が見える。緑色のプラスティック製で、傷が多い。張り紙のうえ、残されていた。間違った曜日に出し、そのまま放置しているようだ。山下が呟く。

「あれは、〃燃えるゴミ〃では持って帰らんでしょうなあ」

二〇三号室のインターフォンを押した。気のない答えが返ってくる。少しして、ドアが開いた。

三十代後半の男が顔を出す。壬生はドアに手をかけた。山下が訊く。

「井本《いもと》さん？」

「ほうですけど」欠伸《あくび》交じりに答える。「どちらさんで？」

「東署です」

壬生と山下は、警察手帳を提示した。

井本崇《たかし》は、長寿介護課に苦情を申し立てた一人だった。もっとも最近、二週間前のことだ。

相談やクレーム等をまとめたファイルが、長寿介護課から届いていた。送信されたデータを見て、訪問を決めた。井本は、リストの筆頭だった。

背が高く、極度の猫背だ。身体は弛《ゆる》み、肥満気味でもある。腹も出ている。賊の人《にん》着《ちゃく》とは合致しない。与田や豊嶋の証言では、背筋が異様に伸びていたという。合うのは、長身だけに思えた。

目は大きいが、残るパーツとのバランスが悪かった。顔も、締まりがないように見える。

午後の県庁聴取には、残りの二人で向かわせた。平上はともかく、吾味は最後まで迷った。知人のいる方が、スムーズに進むと判断した。長寿介護課には、女性職員が多い点も考慮している。

山下が口を開く。丁寧かつ、親しみもこめつつ厳正に。

「今日の朝八時半過ぎには、どちらにおいででしたかねえ？」

「ああ」事案を知っているのか、納得したような表情でうなずく。「家におりましたよ。この部屋の中で、シール貼りのアルバイトをしよりました。内職みたいなもんです。前は、介護施設に勤めとったんやけど。そこ辞めてからは、ほんな仕事ぎりやけん。マジ、世間は厳しいと思いますわい」

「それ、証明できる方おられますかあ？」

「無茶言わんといてください。ほんなん、一人でしよったに決まっとるやないですか。TV見もってねえ。もしかして、あれですか？　県庁に入った強盗の件？」

井本が苦笑する。壬生は言う。

「ほう。ご存知で？」

「昼のニュースで見たんですよ。長寿介護課でしょ、やられたんは。ざまあみろ思たんですよ。やっぱし、それで来られたんですか」

「二週間前に、同課を訪問されとりますよね？」

壬生は問う。井本は先月、介護施設を解雇されていた。処遇改善を訴えたのが原因だと、本人は主張した。施設側は、職務怠慢や入所者からのクレームを理由に挙げている。虐待まがいの行為もあったとのことだ。

施設は、自己都合による退職を勧めた。再就職に有利だからだ。井本は、会社都合を申し出た。失業保険の水増しが目的らしい。

にもかかわらず、不当解雇として長寿介護課へねじこんだ。言動から多少、英雄気取りな面が感じられるとリストにはある。

「しょせんは、お役所仕事ですけんね。長寿介護課なんかゆうて、大層な名前をつけとるけど。介護の大変さや重要性なんか、何も理解しとらんのやけん。頭でっかちな奴《やと》が、屁理屈《へりくつ》並べよるだけですよ」

井本は鼻を鳴らす。壬生はうなずく。語らせてみるのも悪くない。何か出るかも知れなかった。

「まあ。現場で経験せんと、分からんのやないですかねえ。入浴でも、皆が素直に入るわけやないけん。男の人やったら力も強いですよ。重労働です。排泄介助も大変やし、飯も食おうとせん。泣くわ、暴れるわ。すごいんやけん。逆に寝よったら、床ずれもあるしね」

「ほうですなあ」

壬生は同意する。井本は高らかに演説していく。

「ほやけん、わしは言《ゆ》うんです。職員の処遇とか根本から改善せんかったら、日本の介護行政は崩壊すると。一つ一つ施設に持って行ってもしょうがないけん。県にお願いしたんですよ。ほれがもう、のれんに腕押しで。あんな頼りないもんやとは思わんかったですわい」

「耳が痛いですなあ」壬生は頭を掻《か》く。「わしらも、介護とかはよう分からんので。たまに、話とか聞くぐらいやけん。あと、話変わるんやけど。お車、お持ちですか？　バイクとか、原付でもええんやけど」

「いやあ」落ち着いて、首を横に振る。「軽四だけやけん。原チャリとかは持っとらんですねえ」

階段で、金属音が響く。縦縞《たてじま》ツナギの男が上がってきた。小さな段ボール箱を手にしている。すみませんと快活に言う。刑事たちは、道を空けた。

「井本さんですか――」宅配業者の名を口にした。「お届け物です」

通販のようだ。井本が受け取る。差し出された配達伝票に、左手でサインをした。

配達員が去り、壬生は告げた。

「ちょっと、署までご同行願えますかあ。車、用意させますけん」

## 一四時〇六分

「千代ォ！　何、勝手なことしよんぞ！」

米田から怒号が飛ぶ。井本を引っぱった件だ。

壬生は、東署刑事第一課に戻っていた。課長席の前に立ち、任意同行の件を報告した。身体から汗が引く。効きの悪い空調でも、蒸し暑い外気よりは快適だ。

井本は、山下と取調室にいる。記録及び監督者も手配してある。

「確信はあるんやろのう？」

米田の目は三角になっている。歯もむき出しだ。壬生は説明する。

「県庁強盗《タタ》いた賊は、右手で鉈を振るいよったでしょう？　狙いが定まってないけん。怒りか、勢い任せのように見えましたけど」

「それが、どないしたんぞ？」

「井本は左利きなんですよ。右利きに見せようとしたんやったら、過剰な暴れっぷりも説明がつくんやないですかね。単に、動作が不正確やっただけで」

「ほやけど、あの井本ゆうんは、えらい猫背やったぞ。背は高いが。賊は、背筋がぴいんと伸びとったんやないんか？」

「ほんなもん、背中《せな》に定規でも入れとったら矯正できるでしょう？　雁さんが、井本の聴取始めとりますけん。結果見てからにしてくださいや」

「大丈夫やろのう」ブルドッグ状の顔が唸る。「現場が現場やけん。下手打ったら、あとがしんどいぞ」

内線が鳴る。第一係の若手が電話に出た。

「課長、署長がお呼びです」

若手の声が響き、米田の左眉が下がる。

「わし、署長室行ってくるけん。お前、雁さんから様子聞いとけ」

米田が立ち上がる。壬生は、課長とともに課室を出た。取調室へ向かう。山下を呼び出した。

「雁さん、どんな？」

「いかんですねえ」

山下がため息をつく。垂れた目が、丸い顔の中心に寄っている。

「あんな奴《やと》、ずっと完全黙秘《カンモク》しよりますけん。さっきは、あんだけべらべら喋《しゃべ》りよったのに。何考えとるんか……」

井本は、一切の質問に答えようとしない。何を問うても黙ったままだという。

山下は、課長より年上のベテランだ。取調べの実績も、並ではない。

「自宅で行《や》った聴取内容の確認にさえ応じようとせんけん。初めから、覚悟しとったんやろとは思うんやけど。さて、どうしますかね、係長?」

「わしも、横で見よろか……」

マジックミラー越しに、井本の様子を確認する。目で見て、対応を検討していくつもりだ。

「壬生係長」

背後から声がする。先刻の若手だ。

「課長が呼びよります。至急、呼んで来い言《ゆ》うて。えらい剣幕で」

「何ぞお」

水を差され、壬生が舌打ちする。刑事第一課に戻った。米田が立ったまま、窓に向かっている。ブラインドが下りていた。芝居がかったポーズのまま始める。

「署長が怖気《おじけ》てしもてのぅ」

「また、どうしてです?」

米田が顔を一擦《こす》りしてから、椅子に座る。

「えらい及び腰になっとる。県議らから、立て続けに圧力がかかったらしいわい」

「何でですか? あんな、小さな強盗《タタキ》やのに」

予想はつく。一応、訊いてみただけだ。

「現場が県庁やろが」米田の頬肉が震える。「失敗や遅滞は赦されんけん。〝県警、ひいては愛媛県自体の体面に関わる。速やかにスピード感を持って対応し、かつ確実な捜査を行うこと〟やと。急げ、でもミスをすな、ゆうことよ」

署長は、五十代の線が細い男だ。歌舞伎役者のような顔をしている。

「ほんなん、現場が県庁やのうてもいっしょやないですか」

「子どもみたいなこと言《ゆ》うなや。分かっとろうが。ドラマみたいな綺麗事《きれいごと》は、通用せんのやけん。新聞記者《ブン屋》やTVも気にしとるしのう」

県庁に入る強盗は珍しい。マスコミも注目している。

「ほやったら、捜査本部《ソウホン》でも立てますかあ？」

「こっちから言《ゆ》わんでも、とっくに署長が捜査第一課《ソウイチ》へ話持っていっとらいや」

困ったときの県警本部頼み、署長らしい対応だ。米田が、鼻から息を吐く。

「けんもほろろに断られたと。〝二万そこらで特捜はないやろ〟やとよ。まあ、ほりゃほうよのう」

事件は小さい。手柄はなく、失敗時のダメージだけが大きい。関わりたくないのが本音だろう。県警本部の反応は正直だ。

「ほやけどのう。わしも、署長と同じ意見よ。物証が出んかって、自供も取れんのやったら、あい奴《と》は帰せよ。どがなんぞ、千代ォ」

課長の言うとおりだ。現況で完全黙秘を貫かれたら、家宅捜索の令状も取れない。証拠品を、自宅に残したままとも思えないが。

「わしは、尻割《ケツわ》る気はないです」

言い捨てて、壬生は課長席を離れた。

「雁さん、構《かま》ん?」

壬生は取調室をノックした。山下が顔を出す。変わらず、苦虫をかみつぶしたような表情だ。

「変化なし?」

「ないですねえ。すんません」

山下がうなだれる。壬生は告げた。

「帰そや。こんまま、おいとけんやろ」

「いや。ほれは、係長。まだ、〝なし〟と決まったわけやないけん。黙秘しとるゆうだけで、十分怪しいし——」

「いったん放して、油断させよ」壬生は声を落とす。「ぼろ出すんを待つんよ。ほれしかないわい」

一五時三三分

「ただいま、戻りましたあ」

吾味と平上が、刑事第一課に戻ってくる。県庁の聴取は終了したらしい。

「どやったんぞ？」

米田の質問が飛ぶ。署長の喝《かつ》が効いているようだ。

「特に、新しい話はないですねえ」

吾味が答える。壬生は不安になった。いつもの切れが感じられない。雲の上を歩いているかのように見える。課長が腰を上げ、声をかける。

「こっちで、もうちょい詳しに聞かせてくれや。平上は、結果まとめよってくれ」

井本崇は、すでに帰している。警察車両で、自宅へ送った。壬生は張り込みを主張したが、米田に却下された。

「うちの者《モン》うろちょろさしよって、苦情でも入ったらどうするんぞ」

躾《しつけ》のなってない老犬が吠えた。噛《か》みついてこないだけましだった。

「千代よ。お前、まだ井本は〝あり〟やと思とんか？」

「思とりますよ。完全黙秘《カンモク》なんか、自白とんと同じやけん」

「気持ちは分からんでもないけどなあ。でも、いかんぞ。議会か委員会にでも出たら、署長レベルじゃ済まんのやけん」

答弁は、県警本部長が担う。国の四十代キャリアだ。県議から質問が出るとなれば、一仕事になる。

県機関の中枢が襲撃された以上、慎重さが必要とされる。被害額の大小は関係ない。世間や、報道陣も面白がっている。腰が引けるのも理解できた。ブルドッグの眉間に、皺《しわ》が刻まれる。

「ええか。慎重にいけよ。絶対に失敗すな。分かったの！」

次に、打つ手がないのも事実だった。壬生は課室で、状況の整理をしていた。

平上が、係の〝シマ〟へ近づいてきた。壬生に耳打ちし、外を指差す。

「少し、よろしいですか？　雁さんも」

三人揃《そろ》って、廊下に出ていく。課長は応接で、吾味と話しこんでいる。漏れ聞く限り、会話はかみ合っていない。ほかの捜査員も、特に注意は向けてこなかった。

「吾味係長の様子がおかしいんです。お気づきでしたか？」

平上が言う。廊下は薄暗い。照明が落とされている。蒸し暑くもあった。冷房は、課室から溢《あふ》れる冷気のみだ。

壬生はうなずく。どこまで話すべきか。

「ほうか？　いつもと、変わらんような気がするけどのう」

山下は、まったく気づいていないようだ。いぶかしげに、顔をしかめる。平上が眉を傾ける。

「雁さん鈍すぎです」

「まあ。ああ見えて、あの娘《こ》も人間やけん。ほら、調子が出んときもあるやろ」

山下の言葉に、平上は納得できない様子だ。

「それならいいんですが。何か上の空というか、突然ナマクラになったような感じで。心配なんです」

「〝ゴリちゃん〟もチンピラ紙に言われたないやろ、ほんなこと」

山下は、陰では吾味をゴリラ呼ばわりする。面と向かっては、絶対にしないが。平上には、平然とあだ名を使う。階級や性差等の考えから、昭和が抜けていない。

平上の頬が膨らむ。チンピラ紙呼ばわりは、不本意極まる。

「ほれはほうと、平上」壬生は話題を変える。「県庁の聴取はどうやったんぞ？　強盗《タタ》かれたんは、課の親睦会費やったろが。そっち絡みで、何か出てないんか？」

「あ、はい。庶務係の長澤愛《ながさわあい》という女性職員、覚えていますか？」

おう、と壬生は答える。庶務係とは全員、名刺を交換している。長澤は、三十代半ばの主任だ。中背と、整った顔立ちを思い出す。

「大したことではないんですが……」

ためらいがちに、平上はスマートフォンへ目を落とす。メモ機能に、供述を残しているようだ。

「前置きは要らん。小さなことでも、フックにかかったんやったら言《ゆ》うてくれ」

「本来、長寿介護課の親睦会に関する経理は、豊嶋さんの担当だったそうです」

豊嶋桜子。同課庶務係の担当係長だ。

「ですが、庶務係は先の大戦による弔慰金業務も所管していまして。五年に一度、請求されるそうなんですが。今年が、その時期に当たります。そのため、非常に多忙となっていたそうです。そこで、庶務係長の与田さんが、自分から親睦会の経理を引き受けたということなんですが」

「それで？」

「元々、ご自分の担当ですし。賊に対応したのも、彼女です。今回の事案を、大変気に病んでおられたそうです。少額とはいえ現金、加えて通帳や領収書など関係書類まで持ち去られたことを」

「県庁の職員は細かいけんな。書類失《な》くすんは、最悪の罪みたいに思とんやろ。でも、しょうがないわい。手提げ金庫ごと持って行かれたんやけん」

山下が鼻を鳴らす。壬生は問う。

「金庫は、鍵かかっとったんか？」

「いえ。開いたままだったそうです。その点も、気にされていました」

「ほやったら」山下が頬を掻く。「蓋開けて、金だけ持っていったらよかったのに。通帳や書類は残しといてやって。ほしたら、豊嶋さんとやらも悩まずに済んだのにな
あ。マル被は、罪な奴《やと》やのう」

右眉を、無意識に触る。瞳孔が開いたか、世界が白い。

壬生の意識が、一点に集中していく。五感は知覚しながらも、周りの環境を通過させる。

「壬生係長？」

平上がいぶかしむ。山下が、人差し指を口に当てる。

「しっ！　狩りモード発動中やけん」

山下と平上を残したまま、壬生は足を踏み出しかけた。

課室から、吾味が顔を出す。課長との話は終えたようだ。視線は宙を漂い、表情にも力がない。

「吾味よ」壬生は声をかけた。「今から、つき合え」

一六時二六分

壬生は警察車両に乗り、ふたたび県庁へ向かった。吾味を同行させた。

空は曇ったまま、薄い夕映えに染まりつつある。警備員に来意を告げ、駐車場に車を入れた。降りた二人は、第一別館に入った。

長寿介護課には、〝準備室〟と呼ばれる部屋がある。課室の反対側、第一別館一階の西側に位置する。

端的に言えば、倉庫だ。資料室といってもいい。従軍記録、恩給や弔慰金の支払帳簿、満蒙《まんもう》開拓団等引揚者の資料など各種紙データを保管している。

恩給や弔慰金等に関しては、オンラインシステムも設置されている。壁際にはパソコンが並ぶ。なぜ準備室と呼ぶかは、職員も知らないそうだ。

入ってすぐ、書庫の手前に長机がある。壬生は、吾味と並んで座っていた。

正面には、庶務係長の与田征大がいた。広い部屋ではない。チラシ類や備品等も、雑然と積まれている。人が入れるスペースは狭い。筋肉質な男性は、圧迫感があった。

先ほど長寿介護課内で、与田に声をかけた。個室で話したい旨告げ、案内されたのが準備室だった。

「じゃあ、ええですかねえ。今回の強盗事案ですが――」

壬生が切り出す。与田は無言のまま、視線を上げる。

「狂言やったんでしょう？　出来レースゆうんですか。マッチポンプとか」

「何で僕が、そんな真似《まね》を？」

与田は平静に見える。壬生の肩を、吾味が摑んだ。

「こっからは、うちが」

＊

四十分前のことだった。東署二階の廊下、隅に移動していた。山下や平上とは離れ、ほかに人は見当たらない。

「お前、気づいとったんか？」

壬生は問う。当該事案は、与田が主犯だ。動機及び犯行形態も説明した。吾味は否定しなかった。

「怪しいとは思とったんよ」吾味は、短く息を吐く。「あの子は昔から、嘘《うそ》をつくと右瞼が痙攣する癖があるけん」

吾味は何でも、〝あの子〟〝この子〟と呼ぶ。親愛の情らしい。車や携帯、人間も同じだ。

「庇《かば》うとったんやないんやろのぅ？」

「まさか。あんたが今言《ゆ》うまで、具体的なことは知らんかったわい」

「ほうか」吾味が嘘をつくとは思えない。

「確証もなかったけん。動機も分からんかったし。昔の癖知っとるけんゆぅて、嘘つき呼ばわりしてもしょうがないやろ？」

「ほやのう。上層部《うえ》も現場が県庁やゆうんで、尻尾《しっぽ》を股に挟んでしもうて。えらい慎重にせえ言よったけん。ちょうどよかったかも知れん」

「もちろん、捜査次第では躊躇《ちゅうちょ》せんつもりやったけどね」

吾味の声には力がある。いつもの表情に戻っていた。視線も定まっている。

「もうちょい、早《はよ》うに言《ゆ》うてくれとったらのう。その晩のこと。面倒なかったのに。まあ、ええわい。結果オーライよ。いろいろあるけんな。じゃあ、いっしょに県庁まで来てくれるかあ」

「構んの？　うち一応、関係者ゆうことになるんやないん？」

「ほやけんよ」壬生は歩き出す。「己が昔のことは、自分で乗り越えんといかんやろ」

「どしたん？　えらい熱血やん。学生の頃、なぎなたの顧問が、ようそんなこと言いよったけど」

吾味が短く嘖く。壬生も嗤う。

「たまには、な。ほれ行くぞ」

＊

「目的は、親睦会費の通帳を始末することやったんやないんですか？」

吾味が口火を切る。壬生は見ているつもりだった。任せておけばいい。

「与田さん」

かしこまって呼ぶ。決然とした口調だ。

「銀行で、親睦会費の出入金記録を確認さしてもらいました。毎月、数万円ずつ引き出しては、月末に戻されてますねえ」

与田の視線が、吾味を向く。答えはない。

「細かく、横領を繰り返しとったんやないんですか？　何らかの理由ができて、証拠となる通帳を処分する必要に迫られた。そこで、共犯者を使い、強盗を働かせたんでしょ。どうです？」

吾味も視線を据え直した。数瞬の間が空く。壬生は、二人の顔へ視線を巡らせる。

与田の口元が歪んだ。微笑《わら》ったように見えた。細い目が消え入りそうになる。

落ちた——壬生は確信した。

「リカちゃんに、嘘はつけんな」

与田は犯行を認めた。三角筋と大胸筋がうごめく。

「全部、話してくれる？」

吾味の表情に、変化はない。与田は、おもむろに口を開く。

「知ってのとおり、うちの親父は個人経営の修理工場しよってね。中古車販売も手がけとった。お袋も手伝《てつど》おとって、夫婦二人で経営しよったんよ」

「言よったね」

同業者の事業拡張に伴い、融資の保証人となった。友人の経営は破綻、夜逃げした。多額の負債を被った。父親は体調を崩し、工場も手放した。現在は両親ともに、国民年金で暮らしている。

「公務員が安定しとるゆうんは」与田が続ける。「経済基盤が安定しとる人間に限られるけんなあ。親子代々、公務員とか。自分みたいに、貧しい自営業の息子は違うけん。それを逆転しよ思て、県議の娘と結婚したんよ。人事のコースにも乗りたかったし。今は、中学生の息子も一人おる」

結婚生活は続かなかった。経済的価値観の違いから、離婚した。妻が、義実家の貧しさに耐えられなかったようだ。結果、多額の養育費を請求された。与田が苦笑する。

「あいつは……元妻は、実家で裕福な生活をしよんよ。金には困っとらせん。すべては、義父の県議が意趣返しにしたことやけん」

義実家は、かなりの名家らしい。戦前から、土地を持つ金満家だという。

「義父は、名士の自分に恥かかせたと感じたんやろ。面子《メンツ》とプライド守ろと思て、腹いせに吹っかけてきただけよ。金が欲しかったわけやない。逆に高い金出して、弁護士立ててきたぐらいやけん。僕では対抗できんかったわい」

「それで、金に困って横領したん？」

吾味の詰問に、与田は素直にうなずく。

「ほうよ。毎月の養育費が払えんようになってきてな。僕の両親も年金暮らしやけん。多少は援助せんと生きていけんし。僕は一人息子やけんな。放っておけんやろ。ほれで、親睦会費の通帳から数万抜いては、給料出たら返して。それを繰り返しとった」

「何で、急に通帳始末しよう思たん？」

「何の因果か知らんけどな」ふたたび苦笑する。「義父の県議が言い出したんよ。〝親睦会費も、正式に監査せえ〟ゆうて」

「何かあったん？」

「別に。格好つけて、選挙民にええ顔したいだけやろ。県民にウケよ思たら、職員叩くんが一番手っ取り早いけんな。職員の給料から天引きしとる私費やけん。公金、県民の税金とは違う。従来、監査対象やなかったし、したこともない。まさか、僕の行状に気づいて言《ゆ》うたんではないんやろうけど」

親睦会費も、特別監査の対象とされた。長寿介護課は、来月実施される予定だった。

与田は追い詰められた。

「県議肝いりの監査やけん。引っかかったら、どんな羽目になるか分からん。少額やし、全部返しとる。公金でもない。刑事告訴まではないとしても、処分やマスコミ発表はある。懲戒免職にでもなったら、ただでさえ貧しい生活が完全に破綻してしまうと思た」

通帳を処分し、強奪されたと言い訳する。残った帳簿は粉飾しておく。一度やり過ごせば、さらなる追及はない。

「そんなことしたって、銀行に言《ゆ》うて調べられたら、一発でばれるやん」

吾味が、さらに詰めていく。

「もちろん、金融機関にデータがあることは知っとったよ。しょせんは職員から徴収した、全部で百万円単位の親睦会費やけんな。通帳ないなったら、そこまでは調べんと思たんよ」

強盗被害という、公然とした〝建前〟もある。同情も買える。乗り切れると考えた。

共犯者への報酬は、月五万円の生活援助だった。十年間、払い続けると約束した。

養育費に加えての出費だ。続けられるはずがない。

「出費ばっかり増えて、いずれ行き詰まるんは分かっとったけど。どうしようもなかったんよ。自転車操業みたいな生き方やったけん」

沈黙が下りる。少しして、与田が口を開く。

「……リカちゃん、結婚は？」

「しとらん」平然と答える。

「あれから十七年か」与田が遠い目になる。「長いなあ。お互い、いろいろあったんやな。……でも、昔からリカちゃんに嘘ついたら、すぐばれよったな。何でなん？」

「気づいてないいん？　あんた嘘ついたら、右の瞼がぴくぴく痙攣するんやがね。いっつも」

吾味が目を瞠《みは》る。与田は驚いたようだ。

「ほうなん！　それは知らんかった」

二人は揃って、短く笑った。

「ごめんな」

与田が頭を下げた。肩をすぼめている、大柄な肉体が縮んで見えた。

「県庁の中で生き抜いていこ思たら、偉い人間とコネ作らんといかんのよ。県議とか、幹部職員とか。そうゆう噂よ。僕も、先輩とかに忠告されたし。それも、できたら姻族とか強力な絆《きずな》がえらしいわい。ほやけん、リカちゃんのことも捨てた。悪かったなあ。そんなことしたけん、罰が当たったんやろか」

「じゃあ」吾味は決然と告げる。壬生も立ち上がり、退路を塞ぐ。「署までご同行願います」

一七時五四分

「裁判所から、逮捕状《フダ》取れましたけん」

壬生はスマートフォンに吹きこむ。刑事第一課内に、人は少ない。多くの捜査員が出張っていた。残った人間も、忙しく動いている。

与田は供述していた。長寿介護課を訪れたタイミングで、井本崇をスカウトした。井本の対応は、ほかの係員が行った。背中で話を聞きながら、与田は考えた。こいつは使える。

長い時間のあと、会談は決裂した。文句を吐き散らしながら、井本は帰り始めた。こっそりと廊下に出て、与田は呼び止めた。

「力になれるかも知れんのやけど」

与田の言葉に、井本は関心を抱いた。連絡先を交換し、その日は別れた。後日、居酒屋の個室で話を持ちかけた。

井本は、簡単に乗ってきた。狂言とはいえ、強盗の真似事だ。度胸があるのか、分かっていないのか。手軽なアルバイトのように引き受けたという。

「通常逮捕《ツウタイ》でいきます。そっちは、どんなですか？」

「動きはないのう。灯《あか》りが点《つ》いとるけん。部屋におるんは間違いない」

強行犯第一係長の村山が答える。体格のいい長身が目に浮かぶ。年相応に贅肉《ぜいにく》がついてきた。細面で、温厚な印象だ。四十代半ばの従順な公務員だった。

各係の協力関係は重要だ。署単独による捜査の場合は、少ない人員を補い合う必要がある。

山下及び吾味とともに、課員数名が被疑者を見張っていた。

「千代ォ」背後から、米田の指示が来る。「拳銃と防刃着、持って行けよ！」

「今、準備しよります」

通話口を押さえて返答し、電話に戻る。

「待っとってください。令状といっしょに、防刃着と拳銃持って行きますんで。マル被は、鉈持っとるけん。気をつけてくださいよ」

「おう、分かっとるけん。任せとけ」村山は通話を切った。

「準備できたか？」

壬生は、平上に訊いた。令状はクリアファイルと公用茶封筒に入れ、自身が所持している。

「はい。全部、積み終わりました」平上が答えた。

「先に行って車、正面に回しとけ」課長に向き直る。「ほな、行ってきます」

「充分、気をつけよ」


壬生は、平上とともに出発した。ワゴンタイプの覆面PC《パトカー》を使った。荷物が多いからだ。先行班は、セダンで向かっている。

国道は帰宅ラッシュだった。渋滞の混雑に入りこむ。サイレンを鳴らすことはできない。被疑者に気づかれてしまう。

予定より数分遅れで、目的地に着く。平上と手分けして、装備を配っていく。現場の捜査員は、総員十名弱だ。全員が、拳銃と防刃着を身に着けた。

与田の逮捕状は執行した。残るは、井本だけだ。

雄郡一丁目。木造二階建てアパートが見える。

アスファルトの雨は乾いていた。雲は薄まりつつある。アパートの向こうには、輪郭のぼやけた夕陽が見える。ごみ集積場所には、物干し竿が放置されたままだった。

完全装備の壬生と山下が、アパートの二階へ上がっていく。背後に、二人の捜査員が控えている。

　ほかの捜査員も配置についていた。二〇三号室のインターフォンを押す。返事は、すぐにあった。少し待つ。足音がした。

「はい」

　ドアが、わずかに開く。長身の猫背が、顔を出す。不機嫌な表情だった。ドアスコープ越しに、壬生たちを確認していたようだ。

「またですか。もう、ええ加減にしてくださいや」

　ドアチェーンはかけられたままだ。半身しか見えない。

　壬生が封筒から逮捕状を抜き、井本の眼前に突き出す。

「井本さん。強盗及び器物損壊、銃刀法違反の容疑で逮捕状出とるけん。いっしょに、東署まで来てもらえますか」

「ほうですか。支度するけん、ちょい待っとってもらえます？」

　拍子抜けするほど、あっさり答える。壬生は告げる。

「いいや。先に、このチェーン外してくださいや」

　ドアの向こう、井本の身体が反転する。隙間から、鉈が振り下ろされた。ドアチェーンが弾《はじ》け飛ぶ。

　壬生は身を翻し、刃物を躱《かわ》す。背中が、山下とぶつかる。

同時に、ドアが大きく開かれた。山下が尻をつく。壬生は倒れないよう、アパート外廊下の手すりを摑んだ。逮捕状を落としそうになる。

ドアは全開、井本が駆け出す。捜査員二人が、確保に向かう。被疑者の方が早い。手すりに足をかけ、二階から飛び降りる。

「マル被、逃走」

壬生は地上へ叫び、視線を向けた。

吾味が、物干し竿を手にしていた。ごみ集積場所から拾ってきたらしい。折れ曲がった形状が、なぎなたに見えなくもない。被疑者の前に立ちはだかる。

アパート前にはスペースがある。吾味は、なぎなたの要領で構える。鉈を持った井本と対峙《たいじ》した。

壬生も手すりから、地上へ飛び降りた。井本の背後に着地する。両足に衝撃が走り、瞬時動きが止まる。賊が、鉈を振りかぶった。

吾味の気合が、空気を切り裂いた。同時に、物干し竿が一閃《いっせん》する。軽やかに、井本の脛《すね》を打つ。被疑者が体勢を崩す。物干し竿が振られ、続けて小手、井本の手首を叩く。鉈が地面に落ちる。最後は面へ、頭部に振り下ろされた。

被疑者が膝をつく。第一係員二名が、両脇から井本を確保する。落とされた鉈は、平上が回収した。

壬生は、吾味に近づく。階段から、山下と二名の捜査員が下りてくる。

「お見事」

壬生は声をかけた。吾味が毒づく。

「何とろとろしよんよ」

壬生は苦笑し、耳を掻くしかなかった。

二二時〇一分

与田征大及び井本崇。被疑者二人の取調べは、順調に進んだ。逮捕後、両名とも素直に供述している。

本日の聴取は終了した。取調べは、二二時までと決められている。与田と井本は、それぞれ留置場に身柄を収容済みだ。

「明日にはいけそうやのう」

壬生は呟く。明日には、検察への送致が可能だろう。聴取記録に目を通して、判断した。

強行犯第二係四名は、東署刑事第一課に戻っていた。課長始め、ほかの課員は退勤している。被害額二万三千円の強盗、しかも狂言だ。被疑者さえ押さえれば、多くの人員は必要ない。決裁も、明日で充分間に合う。

課内は蒸し暑かった。空調は二〇時で切られる。煌《きら》めく蛍光灯が、室温を上げる。窓は全開にしてあるが、入ってくるのは湿った空気だけだ。

「じゃあ。遅くに悪いけど、一気にまとめてくれるかあ」

分担を決め、事務作業に入る。壬生は聴取内容を見直す。

与田の供述を見る。連行されても、黙秘を貫け。井本に告げたという。

表向きの被害は少額だ。たとえ逮捕されても、微罪で済む。うまくすれば、執行猶予がつく。収監されても短期間だろう。出所すれば、色をつけて払う。確実に、通帳だけは始末してくれ。

「十年間、毎月五万円の謝礼やと」山下が薄く嗤う。「まるで養育費やのぅ」

「雁さん。洒落《しゃれ》になってないですよ、それ」平上が吾味を窺《うかが》う。

吾味自身は平然としている。与田との関係を、係始め課員全員に話していた。課長にも報告済みだ。

「別に、問題ないやろ」米田は判断した。

逃走に使用された原付は、与田が友人から借りたものだ。井本へ、また貸ししていた。極度の猫背は、背中に定規を差し矯正した。壬生の読みどおりだ。

手提げ金庫は井本の供述により、アパート近くの暗渠《あんきょ》から発見された。凶器の鉈も、同じ場所に保管してあった。任意同行から帰宅したあと、取ってきたらしい。

与田の目論見《もくろみ》と違い、井本は通帳を処分していなかった。謝礼を担保するための保険にするつもりだったという。

「休憩するか」

壬生はトイレに立った。用を済ませて戻る。廊下で、吾味が夜空を見ていた。先刻から、雨が降り始めている。

「酒涙雨《さいるいう》やねえ」

七夕に降る雨のことだ。牽牛《けんぎゅう》と織女《しょくじょ》。惜別の涙とも、逢瀬《おうせ》が叶《かな》わぬ哀《かな》しみともいわれている。

「これじゃ天の川、見れんね」

「松山じゃあ、晴れとっても見れんわい」

壬生も外を見る。街の灯りが、雨空を侵食している。

「七夕も、この辺は旧暦でするところが多いけん。その頃には、梅雨も明けとるし。ちいと、山の方に上がったら見えるやろ。久万高原町《くまこうげんちょう》とか」

「もしかして、気ィ遣《つこ》とる？」

「まさか」壬生は課室へ足を向ける。「さあ、気張るぞ。明日の晩こそキャバ行かんと。一日遅れの織姫さんやけん」

「何、言いよん」

背後から、吾味が言う。口調には悪意が滲《にじ》む。

「明日は、うちらと呑《の》みに行くんよ。あんたのドジで取り逃がしかけたんやけん、奢《おご》ってもらわんと。うちだけやない、係全員よ」

壬生はふり返る。聞こえたのか、山下と平上も喜んでいた。

「ごちそうさまです」平上が言う。

「お気遣いすまんですねえ」山下が嗤う。

吾味も微笑《ほほえ》む。いつもどおりの邪悪な笑みだ。

「鬼か、お前らは」

自席に座り、壬生は天井を見上げる。蛍光灯が眩しい。どこから入ったのか。蛾《が》が一羽、舞う。

「人生の天の川は」壬生は呟く。「流れが急やのう」

# 燕《つばめ》と泥鰌《どじょう》

## 一五時一六分

「明日から、秋とは信じられんのう」

「カレンダーだけの話ですけん」

　壬生千代人の愚痴に、山下聖が嗤《わら》う。電車の揺れに、身体《からだ》を支える。二人とも、金属製のポール傍《そば》に立っていた。車内の冷気は快適だ。

「この辺じゃあ、九月いっぱいは真夏みたいなもんですけんな」

　八月六日金曜日。明日には立秋となる。二人は、市内電車に乗っていた。先月送致した県庁襲撃事案の公判について、検察庁で打ち合わせた帰りだった。県庁前という駅から、文字どおり警察署前まで乗る。

　猛暑日が続いていた。濃い日差しに、街の色が抜ける。アスファルトには陽炎《かげろう》が立つ。車両や通行人がぼやけて見えた。鮮やかなのは青空と、貼りつけたような入道雲だけだった。

壬生と山下は、電車を降りた。冷房の車内から、殺人的熱波の中へと出ていく。電停から署までは、十数メートルの距離だ。横断歩道を二つ渡ればいい。身体中の水分を絞られながら、庁舎へと歩く。

夏の午後、昼下がりには少し遅い。暑いが、静かでもある。騒々しいのは蟬《せみ》と、車の走行音だけだ。

建物内に入った。署内の喧騒《けんそう》は、熱気が勝る。交通違反に事故、遺失物処理や行方不明者など。窓口となる一階は、対応と待合でごった返していた。

「皆さん、ご苦労なことですな。この暑いのに」

山下が汗を拭う。壬生も息を吐いた。

「夏が楽しいんは、子どもの間だけよ」

揃《そろ》って、人混みを避けた。左側の階段へ向かう。

「あ、帰ってきた」

吾味梨香子が、一階の階段下で待っていた。刑事第一課は二階になる。

「暑い中、お疲れ様やねえ。久万の山へ、星でも観に行きたいとこよ。七夕のとき、言よったやん。あっちの署には、あんたの元上司がおるんやろ？　ウルフの名付け親とかゆう」

久万高原署には、壬生の元上司がいる。刑事生活安全課の課長だ。

「何かあったんか？」

壬生は、怪訝《けげん》な顔を隠さなかった。用件なら、課室で済む。吾味が饒舌なときは、何か頼みごとがある。それも、たいてい厄介な。

「平上に相談されて困っとんよ」

平上美玖。強行犯第二係の女性巡査だ。一番の若手でもある。

同係は、壬生と吾味が担当係長の警部補。山下が主任で、巡査部長となる。

「何をや？」

「何で、自分は巡査長になれんのやろかゆうて」

「江野沢《えのさわ》が上がったけんか……」

生活安全課に、平上の同期がいる。江野沢という男性巡査長だ。先月の県人事委員会において、巡査部長昇任が決定した。

江野沢は西条《さいじょう》市の生まれ、短軀《たんく》で小太りだ。顔も丸く、締まりがあるとはいい難い。知らない人間には、愚鈍な印象を与える恐れもある。

東京の国立大学出身で、頭が切れる。優秀と評判であり、体力面も基準以上には俊敏だ。順調に、巡査長となった。推薦を受け、巡査部長昇任試験も受けた。

巡査長は階級ではない。正式には巡査で、一種の名誉的呼称だ。書面により、実務経験や指導力の有無などを見る。対して、巡査部長は階級となる。筆記、面接や実技といった試験もある。二十八歳の江野沢は、順調に進んでいるといえる。

平上も無能なわけではない。やる気もある。ただ空回り気味で、経験不足と見られてきた。チンピラ紙などと揶揄《やゆ》される所以《ゆえん》だ。巡査長に推されない理由でもあった。

「ほうよ。同じ署の同期が、どんどん上に行きよるけんね。あの子も焦っとんやないん。知らんけど」

吾味が腕を組む。壬生はすげなく言う。

「お前が、相談乗ってやれや。女同士なんやけん、よかろが」

「合わんのよ、あの子とは」吾味が顔をしかめる。「こないだもねえ――」

先週、会計課の女性が〝ひぎりやき〟を買ってきた。松山の名物だ。

「素直に、美味《おい》しいとだけ言《ゆ》うとったらええのに」

その件は、壬生も聞いていた。女性署員の中でも、平上は少し浮いた存在なのだろう。

交通第二課に、かなり馴《な》れ馴れしい女性二人組がいる。まだ二十代前半の若手だが、敬語を使われたことがない。彼女たちからの情報だった。

「ねえねえ。聞いてや、ウルフ」

「お前ら。気楽にウルフ、ウルフて。もうちょい、わしに敬意を払えや」

「何言よん、ウルフのくせに」

「ほんなん、どうでもええんよ。ほれより、平上がね。ひぎりやきのこと大判焼や言《ゆ》うんよ」

　ひぎりやきは、松山市内の会社が製造している。中心部の善勝寺境内で誕生した。日切《ひぎり》地蔵尊が安置されていることから、その名がある。現在も、寺の横に店が出ている。見た目は大判焼と似ているが、焼き印は丸に〝日切焼〟だ。

「似たようなもんやろが」

「違わい。ひぎりやきは作り方も別って、ホームページにも出とんやけん。ウルフの舌がおかしいんよ」

　確かに、風味は違う。女性署員の言い分は続く。

「あの娘《こ》、東京帰りを自慢したいだけなんよ」

　延々、愚痴を聞かされる羽目となった。二人組が言いふらしたのか。噂《うわさ》程度なら、課長の米田も耳にしているはずだ。

「ほやけんね」吾味は続ける。「〝人事のことは、壬生係長の担当やけん。相談してみたらええわい〟って言《ゆ》うといたけん。あと頼まい」

「何、よもだ言いよんぞ。勝手に丸投げすなや」

　さすがの壬生も顔色を失う。そんな分担は存在しない。吾味が手を合わせる。

「あの娘《こ》は、統括係長とも仲良かったけん。草野が病休しとるんも、うちのせいやって言われとるし。言いにくいこともあると思うんよ」

草野と平上は相通じるものがあったようだ。休職中の今も、気遣っている。

「じゃあ。うち、警務課に用があるけん」

吾味は、一階の奥へと向かう。壬生は山下を見た。

「雁さん――」

「あ、わしも検事さんとの打ち合わせ結果まとめんといかんけん」

山下も、そそくさと二階へ上がる。ふり返りもしない。

「おう、ちょい待て――」壬生は、階段を追いすがろうとした。

「壬生係長」

背後からの声に、壬生はふり返った。

一五時四二分

一階は人目がある。平上を誘い、二階へ移動した。

刑事第一課前、隅の影を目指す。廊下までは、空調が効いていない。多少は涼しいはずだ。

暇なわけではなかった。時間も大しては取れないだろう。何より、壬生にどうこうできる問題でもない。立ち話で済ませるつもりだった。

切り出したのは、平上の方からだった。真剣な目を向けてくる。

「私は、どうして巡査長になれないんでしょうか?」

単刀直入な質問に、壬生は言葉を詰まらせた。どう答えたものだろう。

「ああ、いや――」

課室から、署員が出てくる。軽く視線を向けただけで、立ち去っていく。

「自分なりに、頑張っているつもりです」

平上は続ける。懇願しているわけではない。強い口調は、責められているようにも聞こえた。

「自分で言うのもなんですが、それなりの実績も残していると思っています。少なくとも、同期に引けは取っていないと」

「それは、うん……まあ」

「チンピラ紙などと呼ばれていることは知っています」

また、答えに窮することを言う。壬生は、自身の顎を撫でた。無精髭が指を擦る。

紙切れを意味する平上のあだ名だ。経験不足や頼りなさから、そう呼ばれている。

傾きかけた外光が射《さ》しこんでいる。窓から、県の中予地方局が見えた。鉄筋コンクリート造七階建て。隣接する公共機関では、もっとも大きい。薄い色の外壁が、陽《ひ》を反射していた。

「その件も含めてですが」語気を強める。「私が女性だからでしょうか？　そのために評価もされず、軽んじられている。そういうことなのですか？」

「あんまり、そんな風には考えん方が……」

「やはり、男性の方が優先されるんでしょうか？　愛媛にはまだ、そうした古い慣習が残っていると思われますか？」

「ほやのう。県警は、愛媛の中でも体質は古い方やろうけん。男尊女卑ゆうか、ほんなんが、ちぃと残っとるかも知れん」

「それなら――」

「やけどの」壬生は後頭部を掻《か》く。「人事の評価じゃのゆうのんは、あとからついて来るもんやけん。とりあえずは、目の前のことに集中せんと。見返り目当てに仕事しよったら、ミスするぞ」

「でも……」

無線が鳴り響く。壬生は、神経を切り替えた。緊急連絡だ。

「通信指令本部より各局――」

一六時〇八分

壬生は、桑原《くわばら》一丁目に到着していた。

強行犯第二係は、壬生と山下。ほかの刑事第一課捜査員にも、応援を頼んでいる。管轄の素鵞《そが》交番からも臨場済みだ。鑑識室も到着している。十数人近くが、忙しく立ち働く。

道後からさほど離れていない地域だ。町内には、東署の桑原宿舎が立つ。愛媛大学の農学部ほか私立女子大、吾味が卒業した短大もある。

桑原地区は元々、農村だった。その後、新興住宅地となった。市内中心部へのアクセスも良く、静かで暮らしやすい。

狭い路地だった。大型スーパーから、住宅街へ続く裏道だ。幅員は二メートルにも満たず、舗装もされていない。車は通行できないだろう。通行人はともかく、自転車も通れるかどうか。土の路面は、凹凸が激しい。

両脇には、戸建て住宅が並ぶ。比較的新しい。左右を、塀で挟まれている形だった。左脇の排水路は、どぶ川のようだ。水は少なく、流れもない。藻と汚泥の間に、水たまりが点在している。陽に焙《あぶ》られ、腐臭がする。

私道とはいえ、スーパーの買い物客がよく通る。地主は基本、開放の方針らしい。地元貢献だと言っていたそうだ。ビニールシートで覆ったが、早く外す必要がある。空気が、微《かす》かに黄色みがかる。夕刻が近い。赤とんぼが、多く飛び交っていた。

路地の中央付近で、高齢女性が襲撃されていた。強盗の可能性が濃厚だった。

被害者の名は本間百江《ほんまももえ》、六十九歳の専業主婦だ。すでに、救急搬送済みだった。被害者が女性であるため、吾味と平上が病院に付き添っている。

人となりは、吾味から報告を受けていた。伊予市の生まれ。桑原一丁目の民間借家にて、夫と二人暮らしだ。一男一女を持つ。長男は、東京の電機メーカーに勤務している。長女は専業主婦、夫の勤務地である四国中央市に在住という。

元々は賃貸マンションにいたが、二人では広すぎる。家賃も高いため、引っ越したそうだ。

被害者の写真も送られていた。小柄で、ふっくらとしている。最近の高齢者としては、老けた感じか。年齢以上、七十代のように見える。細い目は垂れ、温厚な印象だった。

見える範囲に、外傷はない。軽傷との報告も受けている。

持ち物は、地面に散らばったままだ。各々、番号札が置かれている。三角コーンを置き、テープで囲っていた。撮影等が終了するまでは動かせない。

「これは、買ったもんが傷みますなあ」

　陽は傾いたが、猛暑は続いている。立っているだけで、汗が噴く。地面には買い物袋――紺色のマイバッグが見える。散らばった中身は、主に生鮮食品だ。山下が気に病んでいる。

「仕方ないやろ」壬生は返した。

　被害状況は、聴取済みだ。本間は、スーパーからの帰途に襲われた。買い物袋を提げ、肩にはバッグをかけていた。財布や、カード類も入っている。

　背後から、眼前に刃物を突きつけられた。果物ナイフだと思う。相手の顔は見ていない。賊は声も立てなかった。

　怯《ひる》んだ隙に、被害者は眼鏡を外された。本間は、極度の近視だった。ほぼ、視界が奪われる。物の色が認識できる程度だ。

　あとは、体感した状況の証言となる。突き飛ばされ、被害者は尻もちをついた。背後に両手をつき、転倒は免れたが、買い物袋を落とした。バッグは、肩からずり下がっただけだ。

　賊が、立ち去る気配を感じた。肩かけのバッグと買い物袋、眼鏡は残されていた。視界を回復し、携帯で一一〇番通報した。

　壬生は、路地に視線を向ける。排水路の反対側、塀同士の間に空間があった。住宅に挟まれる形だ。幅は一メートルに満たない。人間一人なら、身を隠せないこともなかった。

ウェストポーチ内で、スマートフォンが震えた。吾味だ。

「夫の本間一夫《かずお》が、病院に到着したけんな。とりあえず、簡単に聴取しといた。写真も撮っといたけん、スマホに送っとこわい」

夫は七十一歳、西予市出身。地元の高校卒業後、就職のため松山へ出た。元は鉄工所勤務という。現在は公益社団法人松山市シルバー人材センターに入会し、主に除草作業を担当している。

夫妻は、センターの収入と年金で暮らしている。一夫は、本日も公園の草刈りを行っていた。

吾味の報告を遮り、写真を開いた。顔と全身の二枚だ。中背だが、体格はいい。細い顔は彫りが深く、妻とは反対に若く見える。せいぜい、五十代といったところか。

公園の除草作業は、複数で行っていたそうだ。確実なアリバイがある。当面、除外して問題ないだろう。通話に戻ると、吾味が告げた。

「マル害はね。賊が、何かを盗《と》っていった気配はない言《ゆ》うんやけど。そっちはどんな？」

「写真に撮って送るけん。確認してもろてくれ」壬生はふり返る。「おい」

鑑識室に確認する。現場の撮影は完了していた。残された被害者の所持品を、移動しても問題ない。

捜査車両数台は、スーパーの駐車場に駐《と》めていた。店長の許可は得ている。

ワゴンのラゲッジに、所持品を並べる。何枚も送るのは手間だ。確認も大変だろう。一括して、アップで撮影する。スマートフォンで送信した。

貴重品が入った肩かけバッグは、被害者が所持している。確認させたところ、財布をはじめ失くなっている物はない。

「うん。届いた」

所持品の写真が、吾味のスマートフォンに着信したようだ。

「本間さんに、見てもらおわい。ほれからね。マル被は、きついコロンつけとったゆうけん。男物の。匂いが特徴的やったらしい。特定して、手配しよかね？」

「ほうしてくれ」

一旦、通話を終えた。路地も、閉鎖したままにはできない。撤収作業に入った。

数分後、吾味から連絡があった。

「盗られた物はないらしいんやけど……うん、ちょい待って」

通話が、瞬時途切れる。傍の被害者と話しているようだ。

「……ほうですか。はい。……あのね、どじょうがないらしい」

「どじょう？」

「ほうよ」吾味も、怪訝な口調だ。「明日、料理に使お思とったんやと。それがないらしいわい。二百グラムで六百六十円、税込み」

一六時三一分

壬生は山下とともに、本間の自宅へ向かった。

鑑取りと地取りを兼ねている。自宅周辺の様子も見ておきたかった。

スーパーから、徒歩で数分の距離だった。空の色が濃くなる。蟬の声が、また騒ぎ出す。

被害者の自宅は、ニコイチの木造平屋だった。並んで二世帯居住できる。同じ構造の住宅が、敷地に三棟並ぶ。六世帯が入れる計算だった。すべて借家と聞いている。外観から窺《うかが》う限り、中は広くない。

本間夫妻は、まだ病院だ。自宅に、ほかの家族はいない。

どじょうを購入したのは、どじょう汁にするためだった。夫の好物だという。夏バテ防止のため、毎年お盆の季節に作るそうだ。

今年のお盆は、長男夫婦が帰省する。長男や孫は、どじょう汁を嫌う。夫の一夫は、夏に食べないと収まらない。仕方なく、一足早く出すつもりだった。

本間宅と隣家の前には、小さな花壇があった。二つ並んでいる。猛々《たけだけ》しい向日葵《ひまわり》と、支柱に巻きつきながら萎《しお》れた朝顔。マツバボタンというのか、ポーチュラカ属の日照り草が見える。軽く花弁を閉じかけている。名前のごとく、陽がなくなれば花を閉じてしまう。奥から背丈の順に並び、よく手入れされていた。両家で、同じ種類の花を植えているようだ。

「ここからですな」

被害者宅の隣家を、山下が指差す。表札には〝富永《とみなが》〟とあった。

山下がインターフォンを押した。返事があり、少しだけ待つ。壬生は、額の汗をポロシャツの裾で拭った。

木製の引き戸が開けられる。高齢の女性が顔を出した。六十代後半から七十代だろう。壬生と山下は、警察手帳を提示した。

「東署です。失礼ですが、富永サクラさんですかねえ？」

「はい。ほうですけど」壬生の質問に、女性はうなずいた。「暑いけん。どうぞ、入ってください」

「すみません」

壬生たち二人は、玄関に入った。山下が、後ろ手に戸を閉める。家の中は、微かに空調が効いていた。冷気が、奥から漂ってくる。

借家の住人については、大家に聞き取り済みだ。名前など、分かる範囲での基本情報は把握している。ほかの四世帯も同様だった。

富永は、世代としては長身の方だろう。百六十五センチはある。すらりとした印象だった。顔は細く、作りも小さい。

整理された玄関だった。靴や、物が見当たらない。奥の棚に、ぬいぐるみや造花の花瓶があるだけだ。

残りの世帯も回らねばならない。三和土《たたき》で、立ったまま始めることにする。富永は、上がり框《かまち》に膝をついた。山下が問う。

「隣の本間百江さん、ご存知ですよねえ？」

返事を待って、山下は続ける。

「実は今日、そこで暴漢に襲われましてね」

「大丈夫ですか、本間さん」

富永が目を瞠《みは》る。驚いているように見えた。

「まあ。幸い、お怪我《けが》は大したことないようなんですが」

どじょう盗難の件は、あえて伏せた。壬生が続ける。

「お隣のご夫婦は、どんな感じの方ですか？」

「穏やかで、優しいお二人です。旦那さんも、奥さんも。大変感じが良おて、理想の老夫婦ゆうんですかねえ。ほんな感じですよ。私も仲良うさせてもろとります」

「前の花壇」壬生は、外の方へ視線を向けた。「きれいに、お手入れされとりますが。あれは、お隣さんとごいっしょに？」

「はい。競いよるみたいでしょ？　お互いに相談しながら、育てよんですよ。種類もいっしょにして」

「ほうですか」壬生は笑って見せた。「話変わりますが。本間さんについて、何かトラブルのようなことお聞きじゃないですかね？」

「ないですねえ。ご近所さんとも仲良うされとったはずですし。恨まれたりとかはなかったと思うんですけど」

「これは、お会いした方は皆さんにお訊《き》きすることなんで。気ィ悪うせんとってくださいね。今日の一五時半頃、どちらにおいででしたかねえ？」

「家におりました」

「誰かと、ごいっしょに？」

「いえ、一人で。ほやけん、アリバイゆうんですか？　それは、ないです。でも、襲う理由もないですよ。お金にも困ってないし。本間さんにはありがたいと思いこそすれ、恨みなんかないですけんねえ」

その後、雑談交じりに人となりを確認した。富永自身は一人暮らし、地元は今治市《いまばり》という。高校の商業科卒業後、松山の専門学校に進んだ。そのまま市内の会計事務所に勤務し、結婚した。

六十代で、夫と死別。長女は、大学から大阪に暮らしている。今は結婚し、子どももいる。進学時から折り合いが悪く、帰省してくることはない。

「それでですかねえ。動物が好きで。犬か猫でも飼えたらええんですけど。大家さんの意向で、飼育が禁止されとるんですよ。ほやけん――」

富永が、軽く振り向く。犬とサメのぬいぐるみに視線を向けた。

「ぬいぐるみで辛抱しとるんですよ。こんなんでも、ないよりはましやけん」

一七時一三分

山下とともに、壬生は署に戻った。

刑事第一課の応接セットに座っていた。室内は、変わらぬ慌ただしさだ。冷房も外気に押されて、効きが今一つだった。

向かいには、課長の米田と吾味がいる。壬生は山下と並ぶ。外から帰ってきた三人は、ペットボトルのお茶を置いていた。歩くだけで、汗を搾り取られる気温だった。

鍛え抜いた警察官でも、水分補給は必要だ。

富永宅を辞去し、壬生と山下は移動した。残り四世帯中、一つは空き家だ。住人のいる三軒も留守だった。

三軒については、仕事中の旨を確認してあった。勤務先に電話連絡し、アリバイも保証されている。住民間のトラブル等、特記すべき情報提供もなかった。

「何か、よう分からんのう」

課長が腕を組む。壬生が言う。

「物盗りの線は薄いでしょうねえ。六百六十円の品ぐらい、わざわざ刃物で襲わんでも、万引きとかしたら済む話やけん。しかも、どじょうて。まだ、高級黒毛和牛とかゆうんやったら分からんでもないですけどね」

「怪我は？」

「臀部《でんぶ》に、打撲の痣《あざ》」茶を呷《あお》り、吾味が答える。「尻もちついとるけん。あとは、両掌《てのひら》に軽い擦過傷。手を地べたについたおりに、できたもんやと思います」

「マル被は、マル害に切りつけてないんか」

「まったく」

壬生が応じる。続けて、米田が問う。

「どじょうは、汁にするんかのう？」

「ほうです」料理上手の山下が答える。「どじょう汁にするつもりやったそうです」

「どじょう汁ってどんなん？」吾味も訊いた。

「食べたことないですかあ？」

どじょう汁は、愛媛や香川など四国地方の郷土料理だ。お盆など、盛夏に作ること が多い。滋養のあるスタミナ食で、夏バテ防止に食する。暑い時期に熱いものを食べて、発汗を促す効果もある。

泥を吐かせたどじょうを、味噌《みそ》で煮込む。具材の野菜など、地域によって作り方は違う。関東では柳川鍋《やながわ》が有名だが、割下で煮込んだり卵とじにはしない。

「やり方はいろいろやけど。うちは、豆腐入れるんが好きで。どじょうも水から煮込むんですが、だんだん熱なるでしょう？　ほしたら、あいつら冷たい方へ逃げよ思て、次々と豆腐の中に頭突っこんで。そのままの形で煮えるんですわ」

「嘘《うそ》ォ」山下の言葉に、吾味が悲鳴を上げる。「あの子らは、ほうゆう運命なん？いやよ。うち、そんなん絶対よう食わん」

「どじょう汁の話はもうええ」眉をひそめ、米田が遮る。「吾味、お前あの辺は土地鑑あるんやろが？　母校が近いんやけん。何か気づいたことないんか？」

「うん。まあ……」口ごもって、はっきりしない。

「遊ぶぎりしよったんやな」壬生が嗤う。吾味が睨《にら》みつけてくる。

「しょうがないのう」米田が息を吐く。「それで、この事案は怨恨か？」

「怨恨にしては、やり口が中途半端でしょう？　怪我《けが》も大したことはないけん。刃物を突きつけただけですけんね。ただ、極度の近視とか、マル害の情報には精通しとるようやし。ほかの筋も検討しますか」

壬生も、ペットボトルに口をつけた。話しているだけで、口が渇く。米田が軽く吠える。

「ほかの筋て、何ぞお？」

「愉快犯とかです。そんな線も、当たってみた方がええかと思うんですが」

「ネットに迷惑動画上げるとか、ほうゆう連中？」

壬生の言葉に、吾味が鼻を鳴らす。

「ほうよ」壬生は、課長に向き直る。「平上と一係の数名が、地取りで不審者を洗い出しよりますけん。何か出るかも知れんです」

電話が鳴る。第一係員が取り、統括係長の村山に代わる。

「課長！」村山が叫ぶ。「うちの若い衆から緊急連絡。平上が〝マル被確保するけん、応援に来てくれ〟ゆうて！　至急やそうです」

応接セットの四人が視線を向けた。声を立てたのは、米田だった。

「平上が？」

## 一七時二九分

第二係三名及び応援数名が、ふたたび桑原地区に向かった。今度は二丁目だった。一丁目同様、閑静な住宅街だ。新旧の集合住宅も点在している。目指す建物は、新築に見えるマンションだった。

十二階建て、外壁は濃いクリーム色だ。西陽を反射し、色づいている。塔の形をしており、地方のタワーマンションといえなくもない。

「平上。状況話してくれ」

壬生の言葉に、平上が説明を始める。

「被疑者は、小芝匡史《こしばまさし》。二十九歳。独身で無職。このマンションに居住しています」

百八十センチを超える長身、かなり筋肉質な男だという。無職のため暇なのか、毎日ジムに通っているそうだ。

「顔は吊《つ》り目が細く、唇も薄くて、かなり酷薄な印象です。いつも、他人《ひと》を馬鹿にしたような薄笑いを浮かべています」

「目をつけた理由は？」

壬生は質問を続ける。平上の視線には力がある。

「近所の噂です。桑原一丁目から二丁目にかけて、迷惑行為を繰り返していた疑いがあります」

「迷惑行為て何ぞ?」

「通学している小学生の列に、自転車で突っ込むふりをするなどといった悪質な悪戯《いたずら》です。バットや長い棒を持って、徘徊《はいかい》する姿も目撃されています。何をするつもりだったかまでは分かりませんが」


平上は、第一係の中堅と地取りに回っていた。小芝の噂を聞き、即座に訪ねた。相棒の反対を押し切り、任意聴取に踏み切った。自宅にいたところを詰問した。

「小芝さん」質疑は、主に平上が行った。「ご職業は?」

「高等遊民やけど」小芝は鼻で嗤《わら》った。「お姉さん、刑事ってマジなんやねえ」

きつい匂いが、平上の鼻を衝《つ》いた。小芝は、男性用コロンを使用していた。

併せて、平上の相棒が身元照会を行った。小芝は、県内の私立大学を除籍されていた。留年が続き、上限を超えたそうだ。実家を離れて、一人暮らしをしている。

父親は、小芝サービス株式会社の代表取締役だった。愛媛有数のビル等管理会社だ。清掃や施設の環境管理、駐車場などの警備も行う。地元企業としては、大手だ。

「生計は、どのように立てていらっしゃるんですか?」

「実家からの仕送りとか」平然と答えた。「あと、バイトやね」

「家業を継ぐ気はないんですか？」

「ひとんちの掃除なんか、おれほどの人間がやる仕事やないでしょう？」

「本日、一五時三〇分頃は何をなさっておいででしたか？」

「何それ？　アリバイ？　覚えとらんなあ。家にいたとは思うんやけど」

「最近、ご近所で迷惑行為を繰り返されているという噂ですが。本当ですか？」

「黙秘しょうわい。あと、気をつけた方がええけん。うちの親父《おやじ》、一応代表取締役様やけんな。おれも、次期社長？　言葉には、気をつけた方がええよ、お姉さん」

平上は、額に血管が浮かぶのを感じた。甘やかされて育ったからか、将来へのストレスか。それらが、態度に表れているのだろう。迷惑行為の一因でもある気がした。本間襲撃も、その一環ではないか。

「コロンは、いつも使ってるんですか？」

「あ、分かりますぅ」小芝が自分を嗅ぐ。「いい香りやろ。ほやね。大体、いつも使いよるかな。毎日暑いけんねえ。おれ、少し汗かきなんよ。それが、何か？」

平上は説明を終えた。一同を見回す。

「非常に、怪しいと感じました。即座に、任意同行を求めようかとも考えたのですが。

かなり鍛えている男でして。万が一を考え、応援を要請した次第です」

こめかみを揉《も》みながら、壬生は吾味を見る――弱い。どうしたものか。

「まあ、当たってみるかね？」吾味がうなずく。

小芝の部屋は三階にある。マンションには、エレベータも設置されている。打ち合わせをし、取り逃がさないよう包囲を固めていく。

一同が動き始めたときだった。ウェストポーチで、壬生のスマートフォンが震えた。

「待ってくれ」スマートフォンを取り出す。

「千代ォ！　早よ、戻《もん》てこい」米田の怒声が響いた。「署長がカンカンやぞ」

一八時〇七分

壬生と米田、平上の三人は署長室に入った。一階の警務課と隣接している。

奥の署長席では、五十男が座っていた。署長の玉木《たまき》だ。あだ名は〝玉三郎《たまさぶろう》〟。中背で、線が細い。髪は黒く、量もある。七三分けにしていた。歌舞伎役者のように端整な顔立ちが、あだ名の由来だ。

貧しい農家の三男坊だという。酔うと、本人がいつも話す。そんな自分を取り立ててくれた県警に、感謝しているそうだ。

そのためか、上層部や権力層には弱腰との評判だった。

署長の前へ、三人は並んだ。右から課長に壬生、平上の順だ。

「どういうことか説明したまえ」

警視時代、玉木は三年ほど警察庁に出向している。以来、ドラマに出てくるキャリア官僚のような話し方をする。平上が口を開いた。

「被疑者は、現場近辺で迷惑行為を繰り返していた疑いがあります」

「迷惑行為とは何だね？」

「一種の軽犯罪です」

「君たちも同じ意見か？」

署長の視線が、壬生たちを向く。補足することにした。

「当該事案の被疑者が、愉快犯なんやったら。同一人物である可能性は、否定できんと思います」

「課長も、そう思うかね」

「はあ、まあ」米田は歯切れが悪い。

「参考人は」署長は、あえて〝参考人〟と呼んだ。「小芝サービス株式会社代表取締役の長男だよ。同社の社長は、同業者協会の会長も務めている」

地方都市では、同業者組織は大きな影響力を持つ。名士といえた。玉木が続ける。

「知事や市長はじめ地元政官財界に、小芝氏が強いコネを持っていることは言うまでもないだろう。すでに、その方面からの問い合わせも来ている。県警上層部も注目し始めた。どうなんだね、状況は？　確証はあるのか」

「今、任意同行を求めようとしていたところです」平上が答える。「それで、自供が取れれば――」

「自供？」玉三郎の顔が歪《ゆが》む。「寝とぼけたこと言いよんなよ。ほんないい加減なことで、偉いさんの息子引っぱったりしたらいけまかろが！」

普段は気取った喋《しゃべ》りだが、興奮すると地金が出る。壬生でも聞いたことがないような、ディープな伊予弁だった。平上が食ってかかる。

「名士の息子だから、〝忖度《そんたく》しろ〟ですか？　本当にあるんですね。そんなこと」

「何ぞお、お前。ほの口の利き方は！」

「まあ。何の根拠もないわけやないけん」米田がなだめに回る。「ちいと時間やってつかあさいや、署長」

「お前どう思うんぞ、壬生？」

「分からんですねえ。直《ちょく》で話聞いてみんと」

「ほんなん、できまかろがや言《ゆ》うのよ」

玉木の興奮は最高潮だ。玉三郎の面影もない。

「お前ら、揃いも揃てしゃんしゃんせえよ。物証ないんやったら、手ぇ出すなよ。分かったの？　あと、課長。落ちついたら丁重にお詫《わ》びに行けよ。ご本人と会長に。ええの！」

「現行犯ならどうですか？」

平上が問う。署長の顔が、最大限に歪む。

「ひつこいのう、お前も。確実な犯罪行為まで、見逃せとは言《ゆ》うとらんわい。ほれでええか！」

八時四四分

夜が明けた。

八月七日土曜日。立秋となった。朝から、空は青い。白い雲は濃く、鮮やかだ。

壬生は署に戻ったところだった。一時外出し、市内の温泉に入ってきた。身支度を整えるためだ。水風呂に入り車で帰ったが、汗が噴き出した。

刑事第一課員の多くは、ほぼ徹夜となった。暫時休憩し皆、入浴や着替えに帰宅している。

熱帯夜だった。汗だくになりながら、捜査の再検討が行われた。被害者への再聴取、鑑取りや地取りの結果、アリバイの確認など。一から見直していった。

　不審者情報も、再度の収集を行った。桑原一帯から、範囲も拡大した。夜間のため、うまくは進まなかった。めざましい成果も上がっていない。

　吾味以外の女性職員は帰宅させた。手が足りているわけではない。数人残したかったが、平上を帰らせるためだ。頭を冷やす必要があった。誰かを残せば、自分もと言い出しかねなかった。

　これから、どうするか。今日は土曜でもある。昨夜以上に、活動は制限されるだろう。考えながら壬生は、刑事第一課内に戻った。

「係長、課長から！」

　山下の声が響いた。受話器を差し出してくる。課長と署長も、出勤予定ではあった。まだ到着していないようだ。

「チンピラ紙はどこぞお！」

　電話に出ると、いきなり怒鳴られた。平上がどうしたのか。

「まだ、家やと思いますけど」

「社長の息子、張り込んどるそうやないか。署長んとこに苦情が入っとるぞ、刑事が、徹夜でマンションの前におるって」

　寝耳に水だった。米田が続ける。

「早《は》よ、平上を呼び戻せ。分かったの！」

二十分後。

平上が署に到着した。ポロシャツにスラックスと、昨日と同じ服装だった。化粧は剝げかけ、髪も乱れている気がした。

携帯で連絡すると、課長の言ったとおりだった。自家用の軽自動車で、桑原二丁目のマンションに張りこんでいた。夜を徹したようだ。即座に呼び戻した。

「あんた、何を勝手なことしよんぞね」

吾味が声を立てた。課長や署長は、まだ来ていない。到着までに、説明を考えておく必要がある。続けて、山下も言う。

「もう皆、小芝は〝なし〟やと思とるぞ」

現在、小芝の線を推す捜査員はいない。コロンが違ったからだ。

平上の相棒は、小芝のコロンを嗅いでいる。デパートに協力を依頼し、閉店後に店員と照合していった。

相棒の記憶だけが頼りだ。かなりの時間がかかった。銘柄が特定できたのは、深夜に近い。即座に一瓶を買い取り、被害者のところへ向かった。

本間百江は、〝この香りではない〟と否定した。

「もう、アリバイも確認できとんぞね」

吾味が腕を組む。昨夜、小芝の友人と名乗る者が電話してきた。犯行時刻には、被疑者の自宅においてゲームをしていたという。

百円ショップで売っているボードゲームだ。参加したのは、小芝と友人の二人。ゲーム機や携帯などは使用していないため、プレイ時刻の記録は残っていなかった。

山下が、状況を平上に説明する。納得したようには見えない。

「小芝を張りこみ続けるべきです」

平上は主張した。少し垢《あか》じみて見える。

課室の捜査員から、反応はない。壬生も疑問だった。刑事に聴取された以上、しばらく活動を控えるのではないか。

「できるわけなかろがね。早《はや》からばれて、苦情が入っとんぞね。もう近づくこともできんわい」

吾味が、鼻から息を抜く。平上が目尻を吊り上げる。

「小芝は、また動きます。今度、軽犯罪に及べば現行犯逮捕できるはずです。強盗の件も含めて、聴取すれば――」

「別件なんか、いかんて」吾味が否定する。若干、声が大きい。「コロンが違うって、マル害が言いよんよ。その件はどうするんぞね？」

「シャワーでも浴びて、つけ替えれば済む話です」

「アリバイはどがなんよ？　証人もおるんぞね？」

「友人でしょう？　口裏を合わせるなんて、簡単なことです。それか、偉い父親が買収したか。どうとでもできるのでは。先手を打って、任意同行《ニンドウ》かけるという手も」

「追い詰めるネタもなしに、呼べるわけなかろがね」

「徹底して、厳しく詰問すれば――」

「何言よんぞね」吾味が激昂《げきこう》する。「拷問でもせえ言《ゆ》うんかね？」

「そんなことは言っていません。ただ」

「何を慌てとんぞね」吾味も、制御が利かなくなっている。「同期の昇進が、そんなに妬ましいんかね？」

「どういう意味ですか？」

平上の顔色が変わった。拳を握り締めている。

「言《ゆ》うたままよ」

「こうやって、草野係長のことも病休へ追いこんだんですか？」

「何ぞね？　もういっぺん言《ゆ》うとおみ！」

草野の話題を、今持ち出すのは悪手だ。

「まあまあ」

吾味も引く気はない。壬生と山下が割って入った。二人で目配せをする。

「係長、こっち へ。若い子に、そう目くじら立てんと」

山下が、吾味を奥のソファに連れていく。壬生は、平上を廊下に出す。

「お前は、こっち来い」

管理職が来る前に、場を収めておきたい。外へと誘導していく。

「あんたら、どこ行くんぞね？」

吾味に見咎《みとが》められた。山下が抑えようとする。

「平上と現場行ってくるけん。一から見直してみよわい」

「もうすぐ、署長や課長が来るぞね？」

「適当に言《ゆ》うといてくれ」

背中で答え、壬生は平上と署を出発した。

九時一六分

「夏の朝は、爽やかやのぅ」壬生も、極力爽やかに言う。「こんなドライブもええやろ」

壬生は、自家用車を桑原一丁目へ走らせていた。土曜の朝だ。道は空《す》いていた。

車は、九一年式トヨタ・スープラ2・5GTツインターボ。5MT。車体の色は黒だ。中古で購入、約二百万円した。ねぐらとしているピンク映画館傍の月極《つきぎめ》駐車場に、普段は入れている。必要になるかと思い、署に移してあった。

男性からは絶賛されるが、女性の評判は悪い。吾味や女性署員からは、〝ヤン車〟の汚名を着せられていた。元妻も、壬生の趣味には否定的だった。離婚の原因ではないようだが。

平上を乗せるのは、初めてだ。特に反応はなかった。ほかのことが頭を占めているらしい。

「もう、暦のうえでは秋ですよ」

平上が吐き捨てる。不機嫌そうに、窓の外を向いたままだ。

「今日も暑なった」

平上の反応は無視して、ハンドルを切る。勝山通りから国道三一七号を経由して、東部環状線へ。左折して、桑原一丁目に着く。

スープラを、大型スーパーの駐車場に入れた。被害者が、どじょうを買った店だ。開店はしているが、車は多くない。客は、まだ少ないらしい。二人は車を降りた。

「もう一回《もっかい》、マル害の帰宅ルートを歩いてみよや」

壬生の言葉に、平上はうなずく。徒歩で、本間宅への道を辿《たど》る。

現場の路地へと進む。人通りはない。舗装されていない私道は、乾いていた。日差しが強くなる。排水路の汚泥が、異臭を放ち始める。蝉が騒ぎ、塀の向こうで幼児が母親を呼ぶ。

歩きながら、二人の間に会話はなかった。平上も、上の空に見える。

路地を出れば、本間宅はすぐだ。特に、新しい発見はなかった。期待もしていない。吾味と引き離したかっただけだ。あの状態で、管理職の到着は避けたい。

借家の敷地に入っていく。本間夫妻は、まだ病院のはずだ。本日の夕刻まで、医師の元で経過観察することとなっている。

花壇が見える。昨夕との違いは、朝顔が開いていることだ。日照り草も同様だ。満開といっていい。日差しを避けるように、庇《ひさし》の下に向かった。

「あ、あれ」

視線を上げ、平上が指を差す。庇の陰、二軒の玄関が挟む壁上方に、鳥の巣があった。大半が壊され、土台しか残っていない。半円形に、跡だけがこびりついている。卵の受け皿となる部分がなかった。

「ツバメの巣です」平上の表情が険しくなる。「誰かが壊したんですね」

「糞《ふん》でもされるんが、嫌やったんかのう」

壬生は気楽に応じた。平上が視線を向けてくる。

「大変なことですよ。営巣及び生殖中なら、重罪になります」

平上は屈《かが》みこんだ。巣の下辺り、コンクリート面を確認していく。大体において綺《き》麗《れい》だが、数か所染みがある。

「誰かが世話していたようですね。糞の痕跡もないし。紙の空箱でも置いていたのではないでしょうか。でも、この染み」

壬生も目を落とす。平上がコンクリート面を見ながら、続ける。

「卵が落ちた跡だと思います。誰かが、営巣生殖中の巣を壊したんでしょう。烏《からす》の仕業かも知れませんが、痕跡からは考えにくいですね」

「ほうか。ひどいことする奴がおるのう。でも、お前。えらい詳しいんやな」

「ツバメなど小鳥の観察が好きなので」屈みこんだまま、平上が言う。「元々、野鳥の保護に関心がありましたから。学生時代は、そんなサークルにも入っていましたし。東京から帰ろうと思った理由の一つでもあるんです。野鳥に関わるなら、やはり愛媛の方がいいと思いまして」

「そんなに、鳥が可愛《かわい》いかのう」

自分の言葉に、壬生は固まる。

「じゃあ、帰りますか」

平上が腰を上げる。顔には、微かに笑みがあった。機嫌が上向いたらしい。

壬生は、無意識に右眉を触っていた。瞳孔が開く。

周辺の熱気や、平上の表情その他。すべてが、壬生の意識を素通りしていく。狩りモードを発動していたからだ。

「――待ってくれ」少しして、壬生は告げた。「寄るところがあるけん」

九時三七分

「はい」

インターフォンへの反応は早かった。富永サクラが顔を出す。壬生は告げた。

「朝早《はよ》うにから、すみません。ちょっとええですかねえ」

壬生と平上は、玄関に入った。二人は、打ち合わせを済ませていた。読んだ筋も伝えてある。自分に任せるよう、納得させていた。

富永は、やはり背が高い。三和土からでは、見下ろされる形となる。まだ陽が高くないためか、今日は冷房が入っていない。昨日と同じく、上がり框に膝をつく。

「何でしょう」

「本間百江さんを襲ったのは」壬生は視線を向ける。「あなたですねえ」

富永の顔から力が抜ける。膝をついたままうなだれる。

「……申し訳ありません」

あっさりと〝落ちた〟。覚悟していたようにも感じられた。壬生は続ける。

「お認めになるんですね」

「本間さんを襲ったのは私です」富永は涙ぐんでいた。「すぐ捕まるとは分かっとったんやけど」

「本間ご夫妻とは、ええ関係やとおっしゃっとりましたが」

「はい、そのとおりです。夫婦の仲良さを羨ましがっとったくらいで」

「原因は、ツバメの巣ですかね？」

富永が頭を上げる。化粧っ気のない顔を、涙が流れる。壬生と平上は待った。

「……私は、子どもの頃から動物が好きやったんです」ぽつぽつと語り始める。「この借家じゃあ飼えんけん、ぬいぐるみで紛らわせとったんですが――」

数年前から、軒下にツバメが巣を作った。毎年、営巣してくれるようになった。ヒナの巣立ちが嬉《うれ》しく、楽しみでもあった。空き箱や新聞を敷き、糞の掃除もした。

「隣近所に、迷惑はかけとらんかったはずなんやけど」

今年は、巣が卵ごと壊されてしまった。巣立ちを見ることができなくなった。悲しかった。

「本間さんの仕業やと思たんです」

「どうしてですか？」

富永の告白に、平上が訊く。被疑者は、ふたたび下を向いた。

「何ぼ綺麗にしとっても、糞には虫も集まりますし。ヒナの食べ残しも落ちるでしょう。嫌やったんやと思います。夏休みには、お孫さんも帰省されるはずですけん。衛生的とは言いがたいやろうから……」

気持ちは分かるが、感情が抑えられなかった。怒りが募っていった。

富永は語り続ける。膝で握られた拳が震えている。

「一昨日《おとつい》、スーパーで本間さんの奥さんに会《お》うたんです。今年も、息子さん夫婦が帰省されるそうで。一足先に旦那さんの好物やゆう、どじょう汁を作られる言われとりました」

孤独な自分を思った。唯一楽しみにしていたツバメのことも。赦《ゆる》せなくなった。本間夫妻の仲に対する嫉妬もあったと思う。翌日、犯行に及んだ。発作的な行為だった。

「凶器には、自宅にあった小さい果物ナイフを使いました。脅すだけのつもりやったけん——」

男性用のコロンをつけ、待ち伏せた。本間が、極度の近視であることは知っていた。念のため、帽子とマスクで顔を隠した。

「刃物突きつけて、眼鏡を外しました。ほしたら、誰か分からんやろうと思て。怪我までさせるつもりはなかったんです」

勢い余って、突き飛ばしてしまった。スーパーの袋から、どじょう入りの袋がこぼれ出た。幸せの象徴に見えた。怒りに我を忘れ、とっさに盗んでしまった。家に戻ってから、冷静になった。

「子どもの頃、お母さんが作ってくれたどじょう汁を思い出したんです。あまり好きではなかったんやけど。夏になると、元気になるけん言《ゆ》うて」

懐かしさに涙した。作り方は分からない。母に聞かなかったことを後悔していた。食べずに、死なせるのも忍びなかった。迷った挙句、近くの農業用水路に放流する。

「どうして、あんなことしてしもたんやろか?」声が震える。「悔やんでも悔やみきれんのです、今さらやけど。後悔しても遅いんは分かっとるんですが――」

あとは、声にならなかった。富永は、静かに泣き崩れた。平上が声をかける。ゆっくりとした口調だった。

「野鳥を大切に思う気持ちは分かります。……ですが、それで相手を傷つけてもいいということにはなりません。ごいっしょに署まで――」

「ツバメの巣壊したんは、本間さんやないけどな」

壬生の言葉に、二人の視線が向いた。

一〇時五三分

小芝匡史に、任意同行を求めた。

取調室で、平上が対峙《たいじ》していた。サポートを兼ねて、壬生は記録に回っている。

「大丈夫かいのう」

許可したものの、米田は不安を口にした。吾味は反対し、山下も不安気だ。壬生が押し切る形となった。

「わしがついとくけん。まあ、やってみましょや」

先刻、富永サクラ宅から署に連絡した。壬生と平上は、応援の人員と車両を呼んだ。合流し、被疑者を連行させた。現在、吾味と山下が聴取している。済み次第、逮捕状を請求する予定だ。

富永宅から直接、小芝のマンションへ向かった。応援とともに、小芝宅を包囲した。汗が流れた。陽光は、昼のものに変わりつつあった。

課長には、電話連絡だけで済ませた。説得には多少、手間取った。富永の自供が、後押しする結果となった。壬生の確信を、裏づけていたからだ。

壬生と平上は急いでいた。取り逃がしたくない。出かけてしまう恐れもある。早急に対応する必要があった。一気に片をつける。

平上が言っていたとおり、小芝は長身の男だった。顔立ちも、報告と合致する。

任意同行を求めても、小芝は余裕の表情だった。後ろ盾に安心して、胡坐《あぐら》をかいているように見えた。

「令状ないんやったら、どうしょうかな?」鼻で嗤う。「まあ、暇やけん。行きましょうわい。いっぺん、取調室ゆうんも見てみたかったけん」

手間は取らせなかった。素直にマンションを離れたのが、三十分前のことだ。言われたとおりに、ついて来ている。

取調室の奥には小芝、手前に平上がいる。隣には、壬生が座る。パソコンを起動し、準備は整えてあった。マジックミラーの向こうには、監督者もいる。

「へえ。結構、涼しいんやねえ」

小芝がうそぶく。取調室には空調を効かせてある。

「小芝さん、あなたは桑原一丁目——」取調官の平上が、住所を読み上げる。「において、ツバメの巣を壊しましたね」

「あ、よう分かりましたねえ。だって、あいつら迷惑やないすか。糞するし、虫も咥《くわ》えてくるし。ちゅんちゅん鳴いて、うるさいけんね。ほやけん、ちょちょっと棒で突《つつ》いて。人助けやけん、ボランティア」

平上の額に血管が浮かぶ。大きく、息を吸い込むのが見えた。

「あののう」壬生は口を挟んだ。平上を落ち着かせる必要がある。「鳥獣保護管理法ゆうんがあるんやが。営巣中の野鳥について、巣を壊すんは重罪になるんぞ」

平上からの受け売りだ。小芝が目を丸くする。

落ちついたか、平上の表情が平静になる。口調もフラットだ。

「一年以下の懲役、または百万円以下の罰金です」

「え？」さらに、小芝の目が見開かれる。「いや、ちょいタンマ。今の発言――」

「あなた、長い棒を持って近所を徘徊されてますね？　証言がありますよ。一体、何をなさっていたのですか？」

「ほんなん、おれの勝手やん」

「ご自分でおっしゃったように、ツバメの巣を破壊なさったのですね？」

「ほやけん――」

「ええんやないん？　罰金で済んだら、偉い親父さんに払《はろ》てもらえや。まあ、懲役で修行してくるんもええわい。ちいとは、人間が成長するやろ」

壬生が、薄く嗤う。続けて、平上が告げる。冷酷な響きさえあった。

「鳥獣保護法違反も含めて、その他の迷惑行為も、きちんと責任を取っていただきます。検察とも調整のうえ、すべて送致する予定です。落とし前はつけていただきますから、覚悟してください」

取調官の剣幕に、小芝がおののく。目を白黒させ、言葉が出ない。汗が噴き出ている。せっかくの空調も無駄なようだ。

冷静に、平上は相手の反応を待つ。壬生の微笑が大きくなった。

一八時三五分

東署刑事第一課内に、味噌の匂いが立ちこめている。

山下の妻が差し入れた、どじょう汁だ。大きな鍋で煮込まれ、携帯用ガスコンロに載せられている。

署内いや、県警中で山下の料理は評判だった。学生時代、郷土料理店のアルバイトにより腕を磨いたという。そのためか、課には調理道具一式が常備されている。

今回は多忙のため、山下の妻が調理した。夫が、電話でこしらえ方を指示している。味に変わりはないだろう。

ほかの課からも集まってきていた。辛《つら》い土曜出勤、せめてもの慰めだ。

富永サクラ及び小芝匡史の取調べは、一段落ついていた。

現在は、小休止の状態だった。富永には逮捕状を執行、週明けに送致する。被害者は軽傷で、盗んだのは少額のどじょうだ。反省の意も示していて、取調べにも従順だった。あとは、検察の判断に任せることとなる。

　小芝に対しても、逮捕状を請求した。制限時間ぎりぎりまで追及する予定だ。余罪をすべて洗い出す。

　休日出勤していた県庁の自然保護担当者に、意見を聞いてみた。巣の破壊による立件は、難しい側面もあるという。

　小芝には、ほかの迷惑行為もある。続々と、証言が集まっていた。巣の破壊も一件だけではない。

　この期《ご》に及んでも、署長の玉木は及び腰だった。小芝の父親や、コネクションの顔色を窺っていた。啖呵《たんか》を切ったのは、課長の米田だ。

「署長！　いつまでも外野に振り回されとったら、東署の評価に関わりますぞな」

　東署の評価、つまり署長の人事評定だ。地元有力者より恐ろしい。どちらの機嫌を優先させるか、言うまでもなかった。

「おう、みんな温まったぞ」山下が呼びかける。「熱々を食うてくれよ。ビールはノンアルやけど。まあ、こらえてくれ」

　一昔前なら、アルコールの出番だろう。厳しい時代になった。

　発泡スチロール製の椀《わん》に山下が注《つ》ぎ、若手が手伝う。どじょうと聞き、一部の女性署員が騒ぐ。

「大丈夫やけん」

山下が、手を顔の前で振る。

「どじょうは先に火入れて、漉《こ》してから、すり潰しとるけん。形は残ってないけんな。誰でも食べよいようにしとる」

署員が、次々とどじょう汁を受け取る。壬生は課長とともに、少し離れて見ていた。

「課長は、食べんのですか？」

壬生は訊く。差し入れにはすぐ動く米田が、遠くから眺めている。

「どじょうはええんやけどな」米田は答える。「味噌がいかんのよ」

「……それは知らんかったです」

ブルドッグ状の横顔に、壬生は視線を向けた。少し驚いていた。どう見ても、雑食性だ。

平上も、椀を受け取っている。恐る恐る口をつけてみる。

「うん。美味しい」

「この子らに恨まれんやろか」

隣で、吾味が顔をしかめる。平上が薦めている。飲みはしたが、複雑な表情だ。向かい合って笑う。二人の関係も修復したようだ。

ほかの女性署員も、騒ぎながらも食し始める。平上の方から、その集団へ近づいているように見えた。壬生が語りかける。

「課長。平上を巡査長にする件なんやけど。今回は、あい奴《と》のおかげやけん。平上がおらんかったら、もっと長引いとったと思うんですわ」

「お前に言われんでも、分かっとらいや」米田が、鼻から息を抜く。「次の機会に、きっちり上げとくけん、心配せんでええ」

「それ聞いて安心しました。ほな、わしも遠慮なしに」

壬生は立ち上がった。鍋に近づき、山下に声をかける。エプロン姿が妙に似合う。

「このくそ暑いのに、そんな熱いもんを」

「この時期に食べるけん、ええんですよ」

山下が笑う。椀を受け取ると、平上が近づいてきた。

「係長。今回はありがとうございました」

「空を羽ばたくツバメもええが」壬生は、椀を持ち上げる。「刑事は、このどじょうみたいなもんよ。人間の泥に潜って、何ぼやけん。お前も――」

「ああ！　ウルフが生意気に説教しよらい」

交通第二課の馴れ馴れしい二人組だ。椀を持って、近づいてくる。

「ほやけん、昭和臭いって言われるんよ。美玖ちゃん、行こ」

平上と二人組は笑いながら、女性職員の集団へと歩いていく。

「〝どじょうが出てきてこんにちは〟か」一人、ぼやく。「仲良うなって、何よりよ」

壬生は、懐かしい郷土の味に口をつけた。

# 満月の町

## 八時〇二分

国道三三号を高知方面に向かう。

九月二一日火曜日、十五夜の朝だ。上下線ともに、車の流れが激しい。空は薄曇りだった。目的地の天候を、予報は晴れると伝えていた。

「車が多いな」助手席の壬生千代人は呟《つぶや》く。

「通勤時間帯ですけんね」

ハンドルを握ったまま、山下聖が答える。突き出た腹が、運転の邪魔とならないのが不思議だ。

壬生と山下は、上浮穴《かみうけな》郡久万高原町に向かっていた。

移動には、山下の日産エクストレイルを使っていた。アウトドアが趣味のため、常に最新の四駆を所有している。冬は狩猟、春は山菜採りなど。キャンプは、四季を通じて行うと聞いた。ラゲッジには、道具一式を積んでいるそうだ。

運転は任せてあった。これから、山道に入る。壬生のスープラよりは、適材適所に思えた。

砥部町役場の前を通りすぎた。私用車とはいえ、警察官の運転だ。焦《じ》れたのか、後続のレクサスが追い越していく。乱暴に、エンジンを吹かして去る。

山道へと入っていった。きついカーブが始まる。対向車が、山陰から現れる。乗用車に加え、大型トラックも多い。直線の追い越し車線で、後続車を先行させた。

少し登ると、濃い霧に包まれた。雲の中を走っているかのようだ。

二人は、久万高原署へ向かっていた。応援要員として呼ばれたからだ。同署に設置された特別捜査本部からの依頼だった。

久万高原署管内において、連続してソロキャンパーが襲撃された。全員が重軽傷を負わされ、現金が強奪されていた。死者までは出ていない。

すべて、同一キャンプ場内での犯行だった。三件の事案が発生し、半月近くが経過した。捜査は難航、有力な被疑者も上がっていない。

「泊まりがけになりますかねえ?」山下が問う。

「まあ、〝泊〟もついとるけんな」

最近は、旅費の支給も厳しい。県内出張は、特にそうだ。宿泊費はもちろん自家用車使用まで、会計課からクレームがついた。公用車を使え、毎晩帰庁しろ。ならば、燃料代だけで済む。何日、何時までかかるか分からないと押し切った。

四駆は、山道を縫って駆け上がっていく。霧の向こうに、信号が見えた。山下は、車を右折させた。三坂《みさか》道路に入る。松山市久谷町《くたにまち》から、久万高原町東明神《ひがしみょうじん》へと抜ける第一種第三級の高規格線だ。

「これも開通して長いな」

壬生は道路を見回す。山下が、ルームミラーで後続を確認する。二車線道路だ。

「もう十年近くになるんやないですかね。ええですよ。以前は、三坂峠を越えないかんかったけん。夏は、台風や大雨で土砂崩れ。冬は大雪で、まともに上がれんかったですけんねえ」

三坂道路は松山方面から、一直線に久万高原へ続いている。以前は、三坂峠を越えなければならなかった。峠までは、つづら折りの道となる。通称〝三段カーブ〟など、急な曲がり路《みち》も連続する。山間《やまあい》ゆえ、土砂崩れ等の災害も多く発生した。冬には、雪深い地域でもある。交通事故も多発していた。

まっすぐな高規格道路は高速道を思わせるが、無料だ。飛ばす車が多い。二つ続くトンネルは、どちらも長かった。通り抜けて進めば、久万高原町になる。

霧が薄くなり、空には晴れ間も見え始めた。予報は当たっていたようだ。久万高原町、特に旧久万地区は山間の盆地だった。通る車も少なくなった。人通りもあまりない。

二車線の国道沿いには、民家が並ぶ。田園も広がっていた。背後には、山が聳《そび》える。ゴルフコースもある。冬場には、スキー場が開設される。

「愛媛にスキー場がある言《ゆ》うたら、東京の人は大概驚きますなあ」山下が笑う。

「ほやろな」壬生も微笑《ほほえ》む。「わしも学生時代に、〝愛媛で炬燵《こたつ》やストーブが要るのか〟ゆうて言われたことがあらい。皆、相当の南国やと思とんやろ」

壬生は、ウィンタースポーツはしない。山下は、スキーやスノーボードも得意だ。なかなかの腕前と聞いている。

久万高原町は二〇〇四年に誕生している。上浮穴郡内の四町村――久万町、面河《おもご》村、美川村、柳谷《やなだに》村が合併した。いわゆる〝平成の大合併〟によるものだ。すべて、山間部にある自治体だった。

町の中心部へと進む。建設業者の看板が続く。

「土建屋が多いな」

「一番の主産業かも知れんですな」壬生の呟きに、山下が答える。「県や町の公共事業がメインでしょう。あとは農業か、林業。兼業しとる人も多いんやないですか。あとは役場や銀行、少し店があるくらいで。そう仕事もないでしょうけん。この辺に限ったことやない。地方の町は皆、そうでもせんと暮らしていけんのですよ」

山下自身は、今治市の出身だった。愛媛では、大都市の一つだ。現在は、東温《とうおん》市横河原《よこがわら》に居を構えている。趣味のアウトドアで、県内外を回っている関係だろう。地方の情勢に詳しい。

民家を挟んで、飲食店やコンビニエンスストアなどが見える。大型ホームセンターや、ドラッグストアも立つ。店舗はどれも、比較的新しかった。道沿いには、材木置き場もまばらにある。山下が言う。

「冬もええけど。わしは、この辺の初夏が好きなんですよ。町中を、蛍が舞うけん。人に慣れとんでしょうな。掌《てのひら》に包むこともできるんですよ」

「ほう」壬生は目を凝らす。「お、見えてきたな」

前方に、古びた久万高原署があった。

八時三五分

久万高原署は、大きな道の駅傍《そば》にあった。前には、中学校もある。

「あの中学校は」山下がウィンカーを出す。「ドラマの『東京ラブストーリー』で、リカとカンチが再会したロケ地やけん。校舎自体は建て替えたんやけど。知っとるでしょう？」

「子どものころ放送しよったな。薄《う》っすら覚えとらい」

「係長、後ろ」

山下の言葉に、壬生は助手席で振り返る。国道を挟むように、山が二つ屹立《きつりつ》している。山頂付近には、まだ霧が漂う。

「何か、『ツイン・ピークス』みたいでしょう?」

「わし、それ観《み》たことない」

アメリカのTVドラマだ。一時、大変なブームになったと聞いている。

エクストレイルは、久万高原署の敷地に進んでいった。建物の規模に比べて、駐車場は広い。

山下が、隅の区画に四駆を駐《と》めた。二人で車を降りる。町は静かだった。署に近づいていく。建屋は、全体に雨にさらされて黒ずんでいた。

「寒いな」

壬生は腕を押さえる。ポロシャツにスラックス、半袖では肌寒かった。松山は、まだ真夏の陽気だ。

「県警とか県庁の職員で、松山辺りの平野から来た人らは、九月でも炬燵出す言いますけんな」

山下が微笑む。揃《そろ》って、署内に向かった。来意を告げると、会議室を示された。

〝キャンプ場連続強盗事件特別捜査本部〟とある。会議室前に貼ってある戒名だ。山下が、室内に声をかける。五十過ぎの男が、壬生たちに気づいた。ふり返り、手を挙げる。

「おう、千代。お疲れさん。遠いとこ、すまんのう」

近づいてきた男から、歓待を受けた。名前は小日向《こひなた》、壬生の元上司だ。現在は、久万高原署刑事生活安全課の課長をしている。警部の五十三歳だった。

大柄で長身だが、昔より贅肉《ぜいにく》がついてきた。丸い顔は相変わらずで、細い目は常に微笑んでいるようだ。実際、温厚な性格をしている。

初めて県警本部の捜査第一課へ配属されたとき、まだ壬生は若手の巡査部長だった。所属していた班の係長が、小日向だ。

小日向の警部昇進は早かった。穏やかだが、非常に優秀でもある。しかし、今以上に昇進する気はなく、地方の署で定年まで過ごすつもりらしい。

「悪いんやけどの。今度の強盗《タタキ》は、現場のキャンプ場が――」

小日向がすまなそうに、署に近い道の駅を指す。先刻、通りすぎた施設だ。

「あそこの施設に次ぐ、町の目玉事業やけんな。町長始め、町議や有力者の突き上げも強うてのう。マスコミも注目しとるし。実際、キャンプ客も相当減っとるらしいわい。何とか頼まい、千代」

「まあ、やってはみますが」

「上に紹介しょうわい。ゆうても、遠藤さんは知っとらいのう」

小日向が、ひな壇に促す。会議室内には、長机が整然と並んでいた。ひな壇の向こうで、男が二人立ち上がっている。管理官の遠藤と、署長の掛橋《かけはし》だ。

遠藤が、手だけで応える。捜査第一課の管理官だ。松山東署にも、よく訪れる。勘や見込みは信用しないが、話が分からない人間でもない。

署長の掛橋とは、初対面となる。二十八歳の警視で、埼玉県上尾《あげお》市出身。警察庁のキャリア出向組だ。

「初めまして」掛橋は、礼儀正しく頭を下げる。「遠路はるばる、申し訳ございません。お手数をおかけしますが、よろしくお願いします。特に、自己紹介は不要かな。県警では私、有名でしょうから」

壬生と山下は、苦笑いを浮かべるしかない。確かに、県警内では名を知られた存在ではあった。

本人に、特有の癖があるわけではない。むしろ好人物で、評判は良い。争いを好まない性格らしく、署内の人間関係にも気を配っているという。物腰も柔らかく、ほとんどの職員が年上なためか、誰に対しても敬語を使うそうだ。

身長は百七十センチほど。体格は締まっている。短い髪は整えられ、顔立ちは生真面目、ロイド眼鏡が目立つ。

有名なのは、人事上の問題による。若手のキャリア警視は通常、県警本部の課長となる。捜査第二課などが多い。地方署の署長となることは、まずない。掛橋は、国と県の軋轢《あつれき》に巻きこまれた形だった。

総務省から愛媛県庁への、出向ポストが原因だ。従来なら筆頭の総務部長となるが、知事は別の部長職を新設させ、出向先とした。国はより上位の役職を要求するが、県は地方《じかた》の職員に残したい。よくあるせめぎ合いだった。両者の関係は冷えこんでいった。

通常、こうした争いが警察に及ぶことはない。複数の省庁から指導を受ける県庁に対して、県警を取り仕切るのは警察庁だけだからだ。それだけ対立が深刻だったか、珍しく飛び火し、掛橋は割を食うこととなった。

久万高原署長は、警視のポストだ。階級上の問題はないが、キャリア人生にとって好ましいことではないはずだ。冷遇されているとも感じただろう。

就任から二年目となる。東京に帰る時期も遠くない。手柄を立て、一発逆転。警察庁に凱旋《がいせん》したい意向だと、もっぱらの噂だった。

「お前らが来てくれたけん」小日向が続ける。「さっそく、捜査会議をしょうわい」

今回の応援要請は、小日向の提案だと聞いていた。実際、捜査は難航している。手も足りないだろう。

「信頼されとるんですな」山下が小さく呟く。

「どやろのう」壬生は鼻を鳴らす。

捜査会議が始まるため、捜査員が着席する。久万高原署と県警本部捜査第一課の面々だ。ほぼ満席となる。壬生と山下は、中央辺りに座った。制服姿の男性署員が、A4サイズの捜査資料を配布していく。

司会は、課長の小日向が行う。署長の掛橋と、管理官の遠藤が訓示を述べる。型どおりのもので、特別な気負いは感じられなかった。

「では、わしの方から。事案の詳細をおさらいさしてもらいます」

中年の私服捜査員が立ち上がる。久万高原署刑事生活安全課の係長だ。壬生は、顔と名前ぐらいしか知らない。

「お手元の資料をご覧ください。まず、マル害の状況ですが」

被害者は三人いる。男性二名に、女性が一名。すべて、ソロキャンプの客だ。

第一の被害者は、星野喜明《ほしのよしあき》。松山市内のファミリーレストランで、店長をしている。四十九歳、妻子もある。

犯行日時は、九月六日月曜日の二〇時三〇分ごろ。六万四千円を強奪された。頭の左額部に、裂傷を負った。ほか、打撲も多数ある。

次の犯行は、九月一一日土曜日に行われた。二〇時過ぎのことだ。唯一の女性被害者で、名は白石美波《しらいしみなみ》という。三十七歳の独身、離婚歴あり。砥部町在住で、保険会社の営業をしている。五万六千円が奪われ、右鎖骨を骨折させられた。ほかには、軽い打撲が数か所。

直近の被害者は、斎藤暢之《さいとうのぶゆき》というドラッグストアの店員だった。伊予市の出身で、二十九歳と若い。まだ独身だ。九月一六日木曜日、二〇時一五分ごろ襲われた。被害額は三万八千円。左肋骨《ろっこつ》数本に罅《ひび》が入り、全身を殴打されている。

「三件とも、犯行が行われたんは日が暮れてからです。手口も共通しとります。まず、タープのロープ一本を、鋭利な刃物で切断し――」

タープとは、テント前に設置する日除《ひよ》けだ。壬生は、山下から知識を得ていた。多少の風雨なら防いでくれる。下にテーブルや椅子を置き、食事や休憩を楽しむ。設営方法により、様々な種類がある。被害に遭ったのは、ポール及び張り綱と呼ばれるロープで立てるタイプだ。三件とも共通している。倒し易《やす》いためだろう。

張り綱を切断後、同時にポールも倒す。被害者は突然、天布に覆われて混乱してしまう。賊は、その上から凶器により殴打。抵抗が弱まったのを見計らい、バッグ等を持ち去る。現場から離れたところで、バッグ内の金品を物色する。強奪したあと、ほかの物品は廃棄していく。

「ほやけん。マル害は皆、かなりの重軽傷を負うとります。傷の程度に差があるんは、性別や年齢によるものやないかと。若い男とかは、抵抗が激しいですけん。その分、強めに殴打したんやないでしょうか。実際、年嵩《としかさ》やったり女性の方が軽いようです」

切り口から判断して、ロープは上から叩《たた》きつけるように切断されている。ナイフではなく、鉈《なた》か斧《おの》などを使用したものと推察される。

「被害者は皆、食後の休憩中やったと思われます」係長が続ける。「ちょうど、そういう時間帯ですけん。マル害は三人とも就寝前にくつろいで、コーヒーや酒をたしなみよったそうです。夜が更けるのを、楽しんどったんでしょうな」

目撃証言はなし。犯行サイクルにも、目立つ特徴はなかった。現時点では、有力な被疑者は浮上しておらず、明確な犯人像も摑《つか》めていない。

「物証も乏しい状況です。指紋《モン》はなし。屋外で山間部、そういう現場の性質や、キャンプ場やけん人の出入りも激しいし。そうした点から、微細証拠の採取は困難でした。足痕《ゲソ》は採れとんですが、複数人ありまして。どれがマル被分かは特定できとりません——」

判明している事実確認のみで、会議は終了した。捜査員が解散していく。壬生は捜査資料を閉じ、ひな壇へと近づいていった。

「課長」壬生は、小日向に声をかけた。「一ぺん、現場を見ときたいんですが」

九時二六分

　壬生と山下は、廊下で待っていた。

「これ、うちの住田《すみだ》」小日向が、男性を伴ってきた。「こいつに、現場を案内させるけん」

　やはり久万高原署刑事生活安全課の巡査長で、三十二歳という。長身で、鍛え抜いた身体《からだ》をしている。ポロシャツ越しにも分かった。目鼻立ちもはっきりし、快活な印象だ。

「車、回しますけん。玄関で待っとってもらえますか」

　住田の言うとおり、署の玄関先に出た。先刻より、空の青さが増していた。

　公用だろうか、大型の４ＷＤ——旧式のトヨタ・ランドクルーザーが滑りこんできた。山下が助手席に乗りこむ。壬生は後部座席に回り、訊《き》いた。

「これ、公用？」

「一種の覆面です」住田が答える。「山間の署ならではですよ。道によっては四駆やないと、よう追わえれんけん」

　住田の運転で、現場に向かう。国道三三号を、さらに高知方面へと進むことになる。

久万高原ネオ・キャンプ場——目指す現場は、旧柳谷村にある。町営の施設だった。数年前に新設されたと聞いた。住田が言う。

「先に、役場の柳谷支所に寄りますけん。そこに駐在しとる観光振興班の係長が、施設に詳しいんで。案内してくれることになっとるんですよ」

支所は元々、旧柳谷村役場だった。合併後は旧久万町役場を本庁として、機能を集約させていた。

旧久万町中心部には役場や県警のほかに、県の土木事務所などがある。金融機関や新聞社支局等、各施設が狭い範囲に集まっている。特に、コンビニエンスストアの新しさが際立つ。

「コンビニが増えたな」山下が呟く。「二十一世紀になるまで、町内にコンビニなんかなかったやろ」

「ほうですね」ハンドルを握ったまま、住田が言う。「あとは高齢化のせいか、介護施設が増えたように思います。ちょっと気ィ抜いとると、町の風景は変わるけん」

「昔からの店がないなったりしてな」山下が、短く息を吐く。

前方の山では、無数の杉が屹立している。消防本部の横には、大きな製材所があった。伐《き》り出された材木が、所狭しと積まれていた。

杉林を縫うように、国道が貫く。集落が減り、民家がまばらとなる。ガソリンスタンド以外の店舗は、珍しくなっていく。

旧美川村にある道の駅を越えると、美川大橋で面河渓と交差する。国道は、渓谷沿いに進んでいく。河川敷には形状さまざまな巨岩が並び、横を清流が流れる。川は、仁淀川《によどがわ》へと続く。木造の吊《つ》り橋や、車両も通行可能な鉄筋造など、大小の橋が架けられている。

途中、コンビニエンスストアに寄った。町内で見てきた中では、もっとも新しい。飲料を購入しておくことにした。この先は、店舗が減っていくそうだ。

ワンオペなのか。中に、店員は一人だけだった。ほかには、客の姿もない。二十代半ばの若者で、頭を金髪に染めていた。弁当を並べている。ふり返り、いらっしゃいませと言った。よく通る声だった。

店員は中肉中背で、面長な顔はしもぶくれだ。頭髪に似合わず、黙々と作業に没頭している。おとなしい働き者との印象を受けた。

勘定は、壬生が一括で払うことにする。山下と住田は一応、恐縮して見せた。三人分のペットボトルをレジに並べた。

金髪の店員は、レジに飛んできた。そつのない動作で、レジを打っていく。壬生は名札を見た。顔写真の横に、〝猪子《いのこ》〟とあった。

それぞれ飲料を手に、コンビニエンスストアを出た。

「いろいろ都会的になりよるんやな、この辺も」

山下が呟く。店員の金髪を指しているのだろう。住田が応じる。

「あんまり、便利になったゆう実感はないんですけどね」

町も、少しずつ変わっていく。その点は、松山など都市部と大差ない。

壬生たちは、公用の4WDに戻った。柳谷支所は、もうすぐだった。

九時五一分

国道三三号は途中、国道四四〇号と分岐している。左には、柳谷大橋が大きく弧を描く。住田は、ランドクルーザーを直進させた。旧村の中心部だろう。古びた町並みへと入っていく。

郵便局の前を通り過ぎると、支所の位置を示す標識が見えた。住田が、四駆を右折させる。久万高原町役場柳谷支所に到着した。

正面は、福祉センターのようだ。いくつかの施設を複合させているらしい。回りこむ形で、支所の玄関へと向かう。

玄関先には、広めの駐車場があった。一画に、住田が四駆を入れる。

「お疲れさまでした」

住田の言葉で、壬生と山下はランドクルーザーを降りた。一段と涼しい。風もある。雲は払われ、晴れ間が見え始めていた。

支所の玄関は、近代的なガラス張りだった。建物自体も古びてはいない。山里の役場という印象はなかった。

玄関に近い駐車場の区画に、水槽があった。家庭用よりは、はるかに大きい。エアも設置されている。覗《のぞ》きこむと、鮎《あゆ》が数匹泳いでいた。

「これ、養殖?」壬生が訊く。

「いや、天然ですねえ」

山下も覗きこんでいた。形状で判断できるそうだ。

「身体の黄色が鮮やかやし、ひれも大きいでしょ? あと、口が尖《とが》っとんも特徴やけん。でも、なんで役場に置いとんやろ」

「お待ちしとりました」

建物の玄関から、声がした。見ると、ガラス戸が開き、男が立っていた。作業服を着ている。山下と同年配、五十代前半だろう。

「係長の梅山《うめやま》さんです」住田が紹介する。「久万高原ネオ・キャンプ場の管理運営を担当しとる方です。これから、現場を案内してくれます」

中背で、がっしりとした体格だった。顔も、岩のようにごつごつしている。目や鼻、口など各パーツは細い。役人というより、猟師か漁師といった印象だ。

壬生と山下は、梅山と名刺交換した。『久万高原町役場　ふるさと創生課　観光振興班　係長　柳谷支所駐在　梅山芳雄《よしお》』とあった。

「あの鮎は、何ですか？」

釣りも好きな山下が訊く。海釣りも、川釣りも行う。

「友鮎です」梅山が答える。「今度、キャンプ場で友掛けできるようにしよ思て。川べりの施設やけん、醍醐味《だいごみ》を味おうてもらわんと。ほんで、試験的に捕ってきよんですが」

友掛け。友釣りともいう。鮎は、縄張り意識が強い。その習性を活用した釣りの技法だ。

道糸の先に友鮎をつけ、泳がせる。縄張りを守ろうと、別の野鮎が攻撃してくる。囮には掛針がついているため、獲物が引っかかる仕組みだ。釣り人には、熟練の技術が必要とされる。壬生も、その程度は知っていた。

「ほうですか。やっぱし、鮎は友釣りやないと。面白ないですけんな」

山下の顔が輝く。梅山も嬉《うれ》しそうだ。

「通ですな。しょせん、投網は子どもの遊びやけん」

六月に鮎が解禁されると、壬生の父親は重信川で投網を打っていた。天然物は少なく、競技用に放流された養殖が主だった。大きさを競うコンテストを催すためだ。大ぶりだが、脂が多かったのを覚えている。

「鮎は、夏の魚やけど」梅山は楽しげに話す。「友掛けは、一一月いっぱいまで楽しめるし。これからは落ち鮎、いわゆる子持ち鮎のシーズンにもなりますけん。まあ、鑑札の問題とか、面河川の漁協は放流もしよるし、小ぶりなんはリリースもしてもらわないかん。調整は大変なんですけどね」

現在の日本において、水産資源の保護は重要な課題だ。梅山が続ける。

「山下さんは、どちらでされるんですか？」

「肱川《ひじかわ》が多いですねえ。転勤の関係で、大洲《おおず》に長いことおったけん。その頃の知り合いといっしょにやるんですよ。釣って、河原でそのまま食うんですけどね。塩焼きや天ぷらにしたり、割った竹に挟んで鮎飯炊いたり」

大洲市肱川の鮎は、有名だ。鵜飼《うか》いも行われている。梅山が感心して見せる。

「おお、ええですなあ。肱川はすごいですけん。わしらも負けんように思て、頑張っとるんやけど。その前に、例の強盗を何とかしてもらわんと。客足も、かなり落ちとりますし」

「それなんですがね。何か、お気づきの点とかないですか？」

「ほうですなあ」壬生の質問に、梅山は首を傾《かし》げる。「どやろか。ぱっとは思いつかんのやけど。この辺も、だいぶ変わってきましたけん。よう分からんところもありますんで」

「来しなも、そんな話しよったんですよ」

住田が言う。梅山が腕を組む。

「ほうでしょう？　町民の意識も変わりよりますけん。最近、新婚夫婦が町営住宅に入ったんやけど。柳谷の出身やのに、部屋にクーラーつけよるんですよ。変わり者やゆうて評判になりましたけんな」

いくら高原の町でも、エアコンぐらいつけるだろう。壬生は思ったが、口にはしなかった。ローカルルールを聞くのは楽しい。

「じゃあ、キャンプ場案内しますけん」梅山が指差した先に、古びたスズキ・ジムニーがあった。「あの車に、ついて来てください」

一〇時二八分

梅山車の先導で、現場に向かう。距離は、さほどないそうだ。

係長の実家は、旧柳谷村内で農家を行っている。住田が、車内で話した。

「いわゆる米農家やそうですが。この辺は、トマトも特産品やけん。野菜の栽培もしよるそうです。役場の職員には、農業とか林業と兼業しとる方が多いんですよ」

ジムニーが右折し、河川敷へと下りていく。久万高原ネオ・キャンプ場は、面河川の畔《ほとり》にあった。

駐車場には、数台の車が見える。ジムニーが停車した。隣に、ランドクルーザーも入る。梅山が降車し、壬生たちもあとに続く。

キャンプ場は、駐車場と二段構えになっている。擬木の柵は、階段へと繋《つな》がる。

壬生は足を止めた。階段の降り口からは、施設全体が見渡せる。サイトは、十二区画ある。新設の施設らしく、整然と並んでいる。各スペースは、かなり広い。

「手前のログハウスが、管理棟です」梅山が指差す。「トイレや、シャワーも併設しとります。その向こうが炊事場。区画を切らないフリーサイトも多いそうですが、うちはきっちり区切って、完全予約制にしとるんですよ」

「かなり大がかりな施設ですね」壬生は呟く。

「ええ。いつまでも公共事業や、わしの実家もですが、農業とかの一次産業頼みではいかんですけん。町としても、力を入れとんです。経済的な理由もありますが、地域のええところを皆に知ってもらわんと。ネットとかでも話題にしてもろて。今の時代、そういうところから地域おこしは始まりますけんな」

場内は閑散としていた。強盗事案の影響で、客足が遠のいているのは事実らしい。

管理棟の傍、一サイトだけが使用されている。若い男性の三人組が、大型テント等を設営中だ。ソロキャンパーの姿は見当たらない。

「ほな、現場に行きましょう」

梅山の先導で、階段を下りていく。管理棟や炊事場を越え、区画サイトに向かう。眼前には面河川と山、背後は鬱蒼《うっそう》とした森になる。川との高低差は少ない。河原へは、簡単に下りられる。各種川遊びも可能だろう。

「ここは元々、杉とかの植林をしとらんかった地域やけん。木は原生林のままです。ただ、手前の松だけは、開設時に植林しました」

「あると、便利ですけんな」

梅山の説明に、山下がうなずく。壬生には、いま一つ意味が取れない。

若い三人のキャンパーは、川に向けてテントやタープを立てている。空は晴れ渡っていた。朝の霧が嘘《うそ》のようだ。初秋のキャンプには、絶好の日和だった。事件がなければ、もっと大勢の人々で賑《にぎ》わっていただろう。

「ああ、おったわい」梅山が手を挙げる。「おい、上西《じょうにし》さん」

視線の先では、四十代の男性が作業をしていた。チェックのシャツに、ロングのチノパン。キャンパーというより、登山者のような出で立ちだ。背は高くないが、筋肉質だった。

顔がふり向けられる。彫りが深く、精悍《せいかん》な印象だ。壬生たちは、上西へと近づいていった。梅山が紹介する。

「こちら、上西薫《かおる》さん。この施設で、運営アドバイザー兼指導員みたいなことをしてもろとります。松前町の人なんやけど、若い頃からアウトドアライフの達人で。信用金庫にお勤めなんですが、こっちの支店へ転勤したんをきっかけに手伝《てつど》うてもろとんです」

「職場も〝地元貢献じゃ〟ゆうて理解してくれましてね」上西が後頭部を掻《か》く。「元々ソロキャンプにはまって、県内のキャンプ場回りよったんですが。そこを、スカウトされたようなもんです。独り身の気楽さで。手当は安いんやけど」

「それを言わんのよ」

梅山と上西は、互いに笑い合う。壬生たちに視線が向く。

「こちら、松山の東署から来てくれた刑事さん。優秀らしいわい」

壬生と山下は一礼した。住田とは、顔見知りらしい。

「また、ゴミかな」

「ほうよ」

梅山の質問に、上西が眉を寄せる。手には、大ぶりで透明なゴミ袋を提げていた。

「生ごみだけやない。コンロのガス缶まで捨てとるけんな。まだ中身残っとんのに。

危ないやろ」

「マナーの悪い客が多いけん、対応に苦慮しとんですわ」梅山が眉を寄せる。

「ひどいのになったら、使用したフライパンごと森に捨てていく奴《やと》がおるけん。上西さんとかの協力と、役場の若い衆を総出さして、何とか運営しとるような状態なんです。じゃあ、現場行きましょうか」

梅山と上西の案内で、現場に向かう。地理的には前後するが、発生順に見ていくことする。壬生は、ブリーフケースから実況見分調書を取り出す。

すべて、管理棟からは一定の距離があった。六区画以上離れている。同一のサイトでは犯行に及んでいない。壬生は、調書と見比べていく。

基本的には、三か所とも同じ形状だった。前方に面河川、後方に森。テントやタープは、川を向いて立っていた。背後の森から接近すれば、気づかれる可能性は低かっただろう。土地鑑やアウトドアの経験があれば、身を潜めることも簡単だったと思われる。

「区画ごとが広いな」壬生は呟く。

「プライバシー確保のためなんですよ」

梅山が答え、上西が補足する。

「隣のサイトとも、交流をあいさつ程度にするんがマナーやけん。距離を取って、それぞれが楽しめるようにしとんです」

「防犯カメラは？」

　壬生の質問に、梅山が答える。

「管理棟や通路とかには、元々つけとります。怪しいのは映っとらんかったですけど。役場でも事件のあと、カメラを増設するかゆう話も出たんですが。キャンプサイトは、人が寝泊まりする場所やけん。ずっと撮影するゆうんも、ちょっとどうかなと。で、そのままにしとります」

　三件に共通した事柄として、両隣のサイトが使用されていなかった点も挙げられる。さらに、距離が開いていたことになる。

　現場を見ながら、壬生は考えていた。ソロキャンパー襲撃は、犯人にとって利点が多い。盲点かも知れない。一般人も同道している。見解を聞かせたくないため、頭の中だけで整理していく。山下たちには、あとで話せば済む。

　ソロキャンプは文字どおり、一人で行う。ゆえに、襲いやすい。区画ごと、距離が取られている。夜ならば、犯行を目撃される恐れは少ない。

　被害者にとっては、助けを呼びにくかったはずだ。悲鳴も、天布に吸収される。携帯で通報は可能だろうが、賊の逃走後になると思われる。

　キャンプ場周辺には、ＡＴＭや電子マネーが使える店は少ない。皆、ある程度の現金は所有していたはずだ。土地鑑さえあれば、さして準備も必要なく、犯行に及べる。簡単と言ってもいい。

県内のキャンプ場に対して、警告を発した方が良いのでは。壬生は考えていた。

「犯人は地元の奴《やと》か、キャンプに慣れた人間《にんげ》やないかゆうて。上西さんとも話しよったんですけどね」

梅山が語る。壬生も同じ考えだったが、口にはしなかった。

一時間近くかけ、丹念に見て回った。特に、目新しい発見はない。調書どおりであることを確認しただけだ。壬生は一同を見た。

「署に戻ろか」

一二時五七分

壬生と山下、住田は久万高原署に戻った。

梅山及び上西とは、キャンプ場の駐車場で別れた。壬生は、案内の礼を述べた。

「町長も、ようにお願いしといてくれゆうことやけん。すみませんが、頼みます」

梅山が、深々と頭を下げた。上西も言う。

「こがいな真似《まね》する奴《やと》は、キャンプ好きとしては赦すもんじゃないけん。早よ捕まえてくださいね」

　壬生と山下は、玄関前で降ろしてもらった。住田は、ランドクルーザーを所定の位置へ戻しに行った。

　捜査本部に帰る。ひな壇には、小日向がいるだけだった。署長と管理官は、席を外している。帰った旨を報告した。

「どやったぞ？」小日向が訊く。

「収穫はなかったですね」壬生は正直に答えた。「調書どおりやと確認できただけで」キャンプ場で感じた事柄も伝えた。山下や住田には、帰りの車中で話してあった。

ソロキャンパーは、賊にとって格好の獲物といえる。現金を所持し、周囲に人目もない。狙いやすい対象だったろう。土地鑑やアウトドアの知識があれば、誰でも容易に襲える。壬生は言う。

「この件済んだら、県内の施設には警告しといた方がええんやないですかね」

「ほうか」小日向が腕を組む。「まあ、昼にしようや。用意さしとるけん」

　小日向の案内で、刑事生活安全課に向かう。

「仕出し弁当やけどな」小日向が苦笑する。「出前もあるんやが、注文聞いてなかったけん。外へ食べにも行けるんやけど、また落ち着いたらな。弁当代は構んけん」

　ここは甘えることにした。壬生たちは、弁当を取った。デスクの隅に、いくつかが積まれていた。

応接セットで、小日向と弁当を広げる。女性署員が、温かい緑茶を出してくれた。来客へのサービスなのか、お茶くみの習慣が残っているのか。こちらにも礼を述べ、いただくことにする。

コンビニで買ったペットボトルの茶も置く。割り箸を手に、壬生は課室内を見回した。捜査本部に詰めているのか、空席が目立つ。

「どうぞ?　変わりないか」

弁当に箸をつけながら、小日向が訊く。おかげ様で、と壬生が答える。

「今でも、狩りモード発動させよんか?」

「はあ、まあ」あいまいに応じた。

「昔から出よったんですか?」

山下が口を挟む。興味津々だ。小日向が微笑《わら》う。

「ほうよ。わしも、初めて見たおりはびっくりしたわい。あれ、何の事案やったかの?　お前が捜査第一課《ソウイチ》に来て、最初に発動したんは?」

「えーと」

覚えてはいる。あまり答えたくないだけだ。正直、昔話は苦手だ。小日向の問いなら、答えないわけにもいかない。

「現金輸送車の襲撃やなかったですかね、千舟町《ちふねまち》で起こった」

「ほやった。お前のおかげで、スピード解決やったんよのう。あれは、ひどい怪我人《けが》も出とったし。被害額も大きかったけんな。課長どころか、部長まで大喜びよ」

「ほう」山下が感心する。「若い頃から、さすがやったんですな」

「従業員が、賊を手引きしたゆうて気づいたんよの。よう、あんなん分かったわい」

「いや」壬生は言う。「課長が〝強盗《タタキ》の基本〟教えてくれたけんですよ。わしの力やない」

「係長は、いつからあんな状態になりよったんですか?」山下が訊く。

「小学校の頃かららしいぞ」壬生の代わりに、小日向が答える。「どんな子どもやったんやろのう」

「それは、びっくりですなあ」山下は目を丸くしている。

「よう、学校で消しゴムとかないなるやん。ほうゆうときに、ちょこっとな」

素っ気なく言う。山下が、何度もうなずく。

「名探偵もええとこやなあ。ほういや、ウルフとか名づけたんも、小日向課長やゆうて聞いとりますけど」

「わしよ。理由は知っとらいの。有名やけん」

早く話題を変えよう。尻の座りが悪い。壬生は、小日向に問う。

「お願いしとった宿は、近いんですか？」

「おう。すぐそこよ」

署にほど近い民宿が、予約されていた。主に、お遍路さん用に経営されている宿だという。

昼食を終えた。弁当は、なかなかのボリュームがあった。味も良い。

「何か、騒々しいのう」

小日向が呟く。確かに、署内が慌ただしい。緊張した顔の署員が、廊下を急ぎ足で行き交う。

内線が鳴った。小日向が出る。短く話し、受話器を置いた。ふり返って言う。

「昼食うて、すぐにすまんのやけどなあ。捜査本部《ソウホン》に行ってくれるか？」

先刻の女性署員に声をかけ、小日向は弁当がらを指差す。

「おーい。悪いけど、ここ片づけといてくれん？」

小日向とともに、壬生と山下は捜査本部へ向かった。前方に、捜査員が集まっている。ひな壇には、署長と管理官の姿がある。陣頭指揮を執っているように見えた。

「これ、出動する気か？」壬生は呟いた。

すでに、手配は整っているようだ。署長が中心となって、指示を出しているらしい。

壬生は、住田に話しかけた。

「何か、あったん？」

「マル被に任意同行《ニンドウ》かけえゆうて、署長の意向で」

「マル被？」小日向が眉を寄せる「誰ぞ？」

「……梅山さんです」住田の視線が向く。「さっき会《お》うた役場の係長」

壬生は、山下と顔を見合わせた。

一三時〇四分

「管理官。どうなっとんですか？」

山下が、遠藤に詰め寄る。

壬生と山下は、捜査本部で待機となった。被疑者確保には、小日向始め久万高原署員と捜査第一課員が向かっている。

管理官の遠藤は、ひな壇に腰を下ろしている。前に、壬生と山下が立つ。会議室に、ほかの人間はいない。

「お前ら、マル被には会《お》うとんよのう？」

遠藤が訊き、壬生が答える。

「午前中に、現場案内してもろとります」

「それがの、さっき――」

町役場係長の梅山は、第一の被害者である星野とトラブルを起こしていたという。犯行当日の午前中、キャンプ場でのことだった。

星野は、前日から二泊三日でソロキャンプを行っていた。使用した炭がらについて、後始末を巡って揉《も》めたらしい。

星野が林へ埋めようとするのを、梅山が見咎《みとが》めた。所定の位置に捨てるよう注意し、口論となった。遠藤が続ける。

「署長の掛橋さんが、怨恨の線も洗《あろ》た方がええ言《ゆ》うけん。若い衆を地取りに回しとったんやが。中の一組が、そんなネタ仕入れてきてな。署長が即決で、〝任意同行《ニンドウ》かけ〟ゆうことになったんやけど」

「ちょいと、短絡的過ぎんですかねえ？」

壬生は半信半疑だ。午前中に会った係長から、そんな素振りは感じられなかった。続けて言う。

「あそこの施設は、その手のトラブル日常茶飯事みたいですよ。今朝、聞いた話では。いちいち根に持ったりせんと思いますけど。そんな暇自体ないみたいやし」

「そんなん分からんやろが。人の気持ちなんやけん」

「二番目、三番目のマル害ともトラブル起こしとったんですか？　マル被は」

「いや」遠藤は、首を横に振る。「それは確認できとらん。署長が言《ゆ》うには、動機は怨恨。怒りに任せて、暴行を加えたんやと。現金強奪は、金目当てに見せかけるためのつけ足しゆう筋よ。第二、第三の犯行も、本来の目的をカムフラージュするため言いよんやが」

「それ皆、真に受けたんですか？」

「疑問の声はあったんやけどな」

遠藤が腕を組む。管理官自身には、引っかかる点もあるらしい。勘や見込みは信用しない性格だ。基本、慎重でもある。

「何せ、署長の意見やけん。ここの署では、なかなか人気者《モン》らしいわい。まあ、強引に押し切られたゆう感じよ。わしも、ちいとどうかとは思たんやけど」

「……それは、ないと思います」

今まで口を閉ざしていた山下が、おもむろに言う。顔を曇らせていた。

「あれは、そんな人間やないです」

強い口調で、山下は続ける。上司に対する普段の態度とは違っていた。

「実際に会《お》うたんやけん、間違いありません。署長に言《ゆ》うてもらえんですか」

一四時三六分

役場係長の梅山は、任意同行に応じた。特に、抵抗等はなかったらしい。素直に、署まで来ていた。現在、住田と捜査第一課の係長が取調べを行っている。

壬生と山下は捜査本部にいた。ひな壇の前に立っている。

山下の懇願により、幹部との打ち合わせが行われることとなった。署長と管理官が腰を下ろし、小日向は壬生の隣に並ぶ。

取調べの途中経過は聞いていた。梅山は、犯行を否認している。

久万高原町きっての目玉事業を担当する係長が、警察に連行された。反響は大きいようだ。署にも、町長始め問い合わせが殺到しているらしい。

「あの人は、そんな真似できんです」山下は告げる。「もう一度、調べ直してもらえんですか？」

「どうしてですか？」

署長の掛橋は、冷静に問う。椅子にかけていながらも、正座しているように背筋が伸びている。

「一度、会っただけでしょう」

「実際、話してもみたし。わしらにも協力的やったけん。そんな真似やらかしとったら、平然としてはおられん思うんです」

「つまり、勘ということですね」

掛橋が一蹴する。微動だにせず、視線だけが動く。冷静に続けた。

「それでは、理屈になっていません。自分の見立てを主張したい気持ちは分かりますが、これは犯罪捜査です。被害者とトラブルを起こしていたという事実を、もっと重視すべきでは？」

「いや、勘とかやのうて。何と言《ゆ》うか……」

山下の視線が、床を向く。掛橋は、短く息を吐いた。

「被疑者とは趣味の話で、かなり意気投合していたそうですね。同行していた捜査員から、様子を聞いています。それで、目が曇っているんじゃないですか？」

住田が話したか。壬生は軽く、天井を見た。署長の命なら、一捜査員は従わざるを得ない。

「そんなことないです！」

ひな壇の机に手をつき、山下が息巻く。身を乗り出してもいる。階級社会の警察組織としては、かなり無礼なふるまいだろう。

「梅山係長は今度、キャンプ場で鮎の友釣りをできるようにする言いよりました」

山下が、勢い込んで続ける。

「川釣りは権利関係も難しいし、何より安全面の対策が大変やけん。地域を大事に思う気持ちがないと、できん仕事です。そんな熱意持っとる人が一時の感情で、何もかも台無しにするとは思えんのですよ。実際、客も相当減っとったし。どうか、もう一度検討してもらえんですか？」

山下は、深々と頭を下げた。署長は意に介さなかった。視線だけ動かし、管理官を見る。

「取調べを進めてください。自白を取れるようお願いします」

動じない態度に、山下の顔色が変わった。声を荒らげる。

「あんた！　東京にいい顔したいけんゆうて、功を焦っとんのやないか？」

「何です？」温厚と評判のキャリア官僚が、顔を歪《ゆが》めた。「そんなことありませんよ」

掛橋が腰を浮かしかけた。山下も引く気配はない。つかみ合いになりかねなかった。

「雁さん、ちょい外出よや」

壬生は、背後から声をかけた。引きずるように、山下を会議室から連れ出す。小日向が、ひな壇との間に入った。署長には、遠藤が隣から声をかけている。

「あんなこと言《ゆ》うたらいかんで」

山下と廊下に出た。人影は遠い。壬生は続ける。

「若《わこ》うても、上司やけん。点数取りじゃの言《ゆ》うたら、そら怒らい。まあ、気の合う奴《やと》を疑われたない気持ちは分かるけど」

唇を嚙《か》みしめ、山下は言葉がない。壬生は待つ。廊下には、秋の陽光が満ちる。開いた窓から、高原らしい空気が忍びこむ。

山下が、ようやく口を開く。

「あれは……梅山さんは、そんな真似はせんと思うんですが――」

「会《お》うて話した感覚も、捜査には大事やけんのう」

視線を向けると、小日向が廊下に出ていた。なだめるように続ける。

「相手が誰でも、意見するんはええことよ。上役の顔色窺《うかご》うて黙っといたせいで、誤認逮捕じゃのゆうことになったら、それこそ洒落《しゃれ》にならんけんな」

壬生はうなずく。山下も、落ち着きを取り戻したようだ。

「まあ、あまり感情的にはならんようにの」

山下の肩を軽く叩き、小日向は場を去っていく。

「ええ人ですねえ」

「ほやろ。わしも、小日向さんには世話になったけん。いろいろ教えてもろたし。さっきも言《ゆ》うたけど、あの人から強盗《タタキ》の基本――」

壬生は口を噤んだ。意識が、自分だけの空間に落としこまれる。山下の声がする。

「おう、やっと眉を触ってくれましたな」

右眉を触っていたと気づく。狩りモードを発動していた。山下の熱い視線に、微かに集中が削がれる。

「雁さん」

しばらくして、壬生は言う。山下は黙って、待っていた。期待に満ちた目が眩《まぶ》しい。無視して、続けた。

「キャンプしよか」

期待した言葉と違ったか、山下の眉が下がる。

「本気で言いよります？」

一八時三三分

壬生と山下は、久万高原ネオ・キャンプ場にいた。

山下のエクストレイルで移動した。日は沈み、薄暗くなってきた。気温も下がりつつある。

向こうの男性キャンパーたちも、灯《あか》りを点《とも》し始めていた。夕食の香りも漂ってくる。

壬生たちのほかに客は、この午前中に見たキャンパー一組だけだった。キャンプ場の端と端、非常に距離がある。若いだけあって、かなり盛り上がっているようだ。ときおり、賑やかさが伝わってくる。

キャンプについて、壬生はほとんど知識がない。山下主導で、準備を進めていた。道具は、エクストレイルに常備されてあったものだ。少し前の型らしい。不足している品は、キャンプ場から借り受けてあった。

タープとテントは張り終え、これからグリルに火を起こす。山下に言われて、壬生は松ぼっくりを拾ってきた。ほかには、小枝を数本。

「着火剤の代わりにしますけん」山下が説明する。「脂があるけん、燃え易いんです」

「それで、わざわざ松を植えとんか」壬生は感心した。

もう一度、夕刻の現場を確認したい。小日向経由で捜査本部には、そう告げていた。梅山追及の追加証拠を見つけられるかも知れないと言った。キャンプするとまでは話していない。

幹部は怪訝《けげん》な反応だったというが、小日向が説得してくれた。壬生は、何かに気づいた。そう思ったのだろう。

キャンプサイトの予約は、指導員の上西に依頼した。管理棟から、もっとも離れた一区画を確保してもらった。

上西も怪訝な反応だった。いきなり、刑事がキャンプしたいと言ってきた。役場の同僚も連行されたままだ。おかしく思って当然だろう。梅山の容疑に対する反証を探したい。そう説明し、納得させた。

山下の意向で、夕食はバーベキューになった。

「久万高原町は、焼き肉が盛んやけん。有名な店も多いし。生協とかで扱《あつこ》うとる肉も上質なんですよ」

確かに、きれいな牛肉だった。白米も炊くそうだ。銀色のメスティンも、準備は整っている。

途中、コンビニエンスストアでも買い出しを行った。午前中も寄った店だ。町中心部の銀行で、いくらかの現金を下ろしておいた。ノンアルコールビールと、ミネラルウォーターを数本ずつ購入した。クーラーボックスで冷やしてある。

金髪の店員とも話をした。楽し気なキャンプ客にしか見えなかっただろう。

「午前中も来られてましたよね」店員は、にこやかに応じた。「今日は泊まりですか？ ええ季節やけん。楽しそうや」

壬生はうなずき、苦笑いした。

「おっさん二人やけん、寝るんは別にして。わしは初心者やけんな。相方任せで、おんぶに抱っこよ」

周囲の暗さが増す。虫の声が大きくなる。山の端から、鮮やかな月が顔を出し始めた。今夜は、十五夜だ。

山下が、グリルに薪《まき》をセットした。松ぼっくりも入れる。小枝に切りこみを入れ、メタルマッチで器用に火を起こす。ナイフと、ファイアスターターがセットになったタイプだ。慣れていないと、着火は難しいらしい。

小さな火は、たちまち薪に燃え移った。周囲が明るくなる。ランタンだけでは薄暗くなっていた。

タープの下には、可変式のテーブルと折り畳みローチェアが二脚ある。いつでも食事ができる。山下が、網の上に肉を置いた。赤身のステーキ肉だ。米の入ったメスティンも火にかけた。

壬生はクーラーから、ノンアルコールビールを二本取った。冷たすぎるほどだった。一つを、山下に渡した。


夕食を終え、壬生は一息ついた。美味だった。量も相当なものだ。多少、食べ過ぎた。山下はコーヒーの準備をしている。バーナーに、ケトルをかけていた。

焚火《たきび》は、燃え尽きるまで放置する方針だ。壬生の提案で、タープの下から出しておいた。灯りとしての役割は続いている。

夜になった。満天の星が見え、天の川も確認できる。奥には、天文台もある町だ。

山際と夜空は、暗闇の濃淡で分かれる。虫の音に、ときおり鳥の声が混じる。

コーヒータイムが終われは、就寝となる。夜も朝も早いのが、キャンプの基本らしい。向こうの若者たちも、静かになった。

山下は、ローチェアに腰を下ろした。壬生は立ち上がった。少し肌寒い。念のため持参しておいたウィンドブレーカーを羽織る。

「ちょい、トイレ行ってくるけん」

一九時二六分

「係長、遅いのう」

トイレに行った壬生が戻ってこない。十分以上が経過している。ケトルの湯は沸騰した。山下は、バーナーの火を消した。

「大きい方やろか？」ローチェアに座り直し、山下は一人ごちた。「肉の焼きが甘かったかのう」

背後で、鈍い音が響いた。同時に、タープの天布が降ってきた。身体が覆われ、視界が遮られる。ローチェアが倒れた。山下は、地面に投げ出されていく。

意識は混乱していた。山下はもがく。抜け出さなければならない。自身が、危機的状況にあることは理解している。上部から攻撃されれば、抵抗は困難だ。動きも鈍るだろう。コンマ一秒でも早く、動く必要があった。

タープの天布、向こう側に人間の気配がした。二人いる。

脱出口を探しながら、山下は様子を窺《うかが》った。格闘しているのか、もつれ合っているようだ。

どちらかが、馬乗りとなったらしい。タープが手繰られ、天布が顔の皮膚を擦《こす》る。

「こら！　大人しにせんか！」

壬生の怒声が、耳を衝《つ》く。

手探りで、天布を払う。山下は、タープから這《は》い出した。

暗がりの中、壬生の姿が見えた。テントの前で、何者かをねじ伏せている。相手の顔は、たわんだタープに埋もれて見えない。

壬生が、相手の右手をひねり上げていく。何かが、天布に落ちた。タープを滑って、地面へ向かう。鈍い音がした。

「雁さん、それ拾てくれ！」

壬生の声に、山下は我に返った。落下物へと飛びついていく。固い感触と、重い手応えがあった。

拾い上げたのは、手斧だった。キャンプ用にデザインされた日本製だ。刃は炭素鋼で、切れ味は鋭い。専門雑誌で見たことがある。

「手錠、取って」

壬生は、賊の背中に乗っている。右手を、背中で固めていた。左手は後頭部を押さえ、右膝で背中を封じていた。

タープの天布を、山下は捲《めく》った。セカンドバッグはテーブルの上にある。手錠は、その中だ。

山下は、手錠を取り出した。タープから顔を出す。賊は黒い野球帽に、同色のマスクをしていた。若い男のようだ。壬生が立ち上がらせる。

「雁さん、時刻！」

壬生が叫ぶ。山下は、腕時計を見た。暗がりに、蛍光の針が光る。時刻を告げた。

「一九時三二分、器物損壊の現行犯で逮捕するけん。手錠かけるぞな。ええな」

壬生の言葉を機に、山下は近づいた。背中から、左手に手錠をかける。続いて、右手も。賊に、抵抗する素振りはなかった。

野球帽が落ちた。夜の闇に、金髪が浮かび上がる。

賊は、金髪のコンビニ店員だった。

二二時〇三分

被疑者の氏名は、猪子聖太郎《せいたろう》といった。二十五歳で独身。実家は、建設業を営んでいる。

「小さい土建屋よ」小日向が言う。「家族だけでしょるような」

県や市町などは、建設業者を規模や能力に応じてランク付けしている。猪子の実家――猪子工業有限会社は、もっとも小規模な部類だった。

最近は、公共事業を見る目も厳しい。工事の実績報告には、従業員に対する安全講習の写真まで添付させられる。大手業者は会議室などで実施するが、猪子工業は数人が炬燵で行っていた。茶菓子を食べながらの様子は、一家団欒《だんらん》と大差ないそうだ。小日向が、県の土木事務所から聞いた情報だ。

聖太郎は長男だった。家業や地元を嫌い、松山に出た。専門学校卒業後、就職活動中に父親が倒れた。現在も入院している。実家の建設業を手伝うために、帰郷した。

猪子工業は、父親の人徳で仕事を受注している面があった。息子や母親、ほかの親類だけでは立ち行かなくなった。経済的に困窮していった。家業の空き時間に、聖太郎はコンビニエンスストアでアルバイトを始めた。

　聖太郎の趣味は、パチンコだった。町内にも店はあるが、主に松山市内で遊んでいた。負けがかさみ、借金の返済に追われ始めた。本事案も、遊ぶ金欲しさゆえの犯行だった。山下が言う。

「この辺に限らんけど、地方は娯楽が少ないけん。パチンコにはまって、首が回らんなる若い衆も多いらしいですな」

　壬生たちは、久万高原署の会議室にいた。被疑者確保から、数時間が経過していた。捜査本部内は騒然としたままだ。

　現場から、猪子を即座に連行した。キャンプの後始末は、上西に頼んだ。犯人を逮捕した旨告げると、喜んで応じた。

　夜も更け、開け放された窓からの風は冷たいほどだ。蛍光灯に、羽虫が舞う。ひな壇には署長と管理官、課長に山下の姿があった。

「結局、強盗《タタキ》の基本やったんですわ」壬生は報告を続けた。「賊は大体、事前に把握しとるもんやけん。現金のある場所とか、襲撃しやすい箇所は」

　一般的に、よく知られている場所が狙われる。コンビニエンスストアなどが代表例だろう。店員が少なく、現金が必ずある。以前より警戒が厳重となっても、コンビニ強盗の件数が減らないのはそのためだ。

「あとは、現金輸送とか職業上知り得る情報が多いけん。これらは――」

壬生は、小日向を見た。軽く口元を歪めてきた。

「若い頃に、課長から教わったことです。今回のマル被も、ソロキャンパーが現金持っとるんを、どこかで見とったたんやないやろかと」

猪子の勤務先は、キャンプ客の動線上にある。久万高原ネオ・キャンプ場に行くソロキャンパーが、よく買い物をする店だった。標的は、服装等で判断できる。現金を持っているかどうかも、コンビニエンスストアで確認していたのだろう。

壬生も山下とキャンプに向かう途中、当該コンビニエンスストアに寄った。それとなく、猪子に現金を見せた。ソロキャンプである旨も告げた。二人連れだが、夜は分かれて就寝するとも言った。自らを囮《おとり》に、罠《わな》を仕掛けた形だった。

「一種の友釣りよ」壬生は笑う。「ルアー釣り言《ゆ》うた方が、合《お》うとるかも知れんけど」

「確かにのう」小日向が息を吐く。「猪子から言わしたら、自分の縄張りみたいなもんかも知れん。この町は」

発動時から、猪子には目をつけていた。順を追ってもよかったが、梅山を早期に解放する必要があった。ゆえに、現行犯逮捕を狙った。

「いつまでも町役場の職員、署に置いとくわけにもいかんやろ思て。どんな問題になるか分からんけん」

壬生は、山下の主張や感情には触れなかった。

梅山は被疑者確保後、すぐに帰宅させてあった。猪子の取調べは、順調に進んでいた。やはり、住田と係長が行っている。

「わしも囮にしたんですな」

山下は不満そうだ。キャンプの目的は、単なる状況把握としか告げていなかった。上層部に対しても、同様だった。捜査本部は、梅山の線で動いていた。無用な論争を避けるためだ。時間もなかった。

「マル被にばれて、寄ってこんかったら元も子もないけんな」壬生は悪びれず続ける。「雁さんに下手な芝居されるより、黙っとった方がましやと思たんよ。それこそ、友鮎の方がまだ使えるけん」

「あんまりやな」山下が、鼻から息を抜く。

「山下さんに、お客さんです」

制服の女性署員が呼びに来た。山下は玄関に向かった。

「勝手な真似してくれるのう」

単独行動同然の壬生に、管理官の遠藤は少々不機嫌だ。腕を組み、軽く睨《にら》んでくる。

小日向は嬉しそうに笑う。署長の掛橋は顔色なく、押し黙ったままだった。

しばらくして、山下が戻ってきた。大ぶりな発泡スチロールの箱を抱えている。壬生が訊く。

「どしたん、それ？」

「梅山さんからです」

山下が、箱を長机に置く。蓋を開いた。壬生と小日向が覗きこむ。大量の鮎が入っていた。

「お礼の品やゆうて」

照れ臭そうに、山下が眉を寄せる。

「今朝、出勤前に釣っとったらしいです。礼を言われるようなこと、何もしとらんって言《ゆ》うたんやけど」

「まあ。役場からの差し入れや思たら、問題ないでしょ。ね、課長」

「ほやの」壬生の言葉に、小日向もうなずく。

「ほんじゃ、さっそく焼こや」壬生が手を叩く。「バーベキューの道具もあるし。あとは、場所だけやな。どこやったらえぇですかね」

「〝よもだ〟は、泊まってもええ言《ゆ》うたんか？」

小日向が問う。大丈夫と答えた。東署の課長である米田には、報告済みだ。今晩は久万高原町に泊まる旨も、許可を得ている。壬生は、ひな壇を見た。

「じゃあ、適当なところで切り上げて。管理官と署長も」

「ほうしますか」遠藤が、掛橋に声をかける。

「私には、いただく資格がありません」署長は目を伏せた。「勝手な思いこみで、地域の皆さんにご迷惑をおかけしてしまいました。私は——」

「署長」山下が言う。「地方に住んどる人間《にんげ》は、東京から来た方に、地元を良う思て欲しい。で、ええとこを知って帰ってもらいたい。そう考えとるんです。それは、梅山さんや町の人なんかも皆、同じやと思います。ほやけん、いっしょに」

会議室に、沈黙が下りた。

「……分かりました」掛橋はうなずき、立ち上がった。「よろしくお願いします」

「ほな、道具取ってきますけん」

山下が焼く準備を始めた。壬生は窓辺に寄った。

星が鮮やかだ。十五夜の満月も見えた。すべてが光り輝いている。

# 初雪の宴《うたげ》

一二月一六日　火曜日　一一時三二分

松山には、有名な鍋焼きうどん店がある。湊町《みなとまち》の一角、アーケード商店街銀天街の東端から、路地へ外れたところだ。

小栗廉《おぐりれん》は、店内のテーブルに着いていた。こぢんまりとした店内は、満席に近い。かなりの人気と聞いている。正午を過ぎれば、平日でも店外に行列ができるそうだ。

愛媛県警松山東署刑事第一課強行犯第二係に、小栗は所属している。三十二歳の巡査長だ。

テーブルの向かいには相棒、佐山彰隆《さやまあきたか》が座っている。

「お前。ここの鍋焼き食うたことないんか？」佐山が言う。「松山、長いんやろが」

「美味《おい》しいって評判は聞いとりましたけど、機会がなかったんですよ」

佐山は、松山南署刑事課の所属だった。強行犯係の担当係長、警部補だ。四十五歳になる。

外は、朝から曇り空だった。一一月になっても、例年以上に暖かい日が続いていた。今週に入ってから、冷えこみが厳しくなっている。

「お前、三島《みしま》の人間《にんげ》やったのう。あっちは、うどんが美味《うま》かろうが」

「ほうらしいですね。子どもやったけん、そんなもんやと思とりましたけど」

三島いわゆる旧伊予三島市は川之江《かわのえ》市、土居町《どいちょう》、新宮《しんぐう》村と二〇〇四年に合併し、四国中央市となった。四国の中央に位置するという名称は当時、物議を醸《かも》した。愛媛県の東端にあり、香川県と県境を接する。そのためか、うどんの名店が多い。中には人気を博し、讃岐《さぬき》に進出していく者までいる。

製紙業の盛んな街だ。書道をテーマとした映画の舞台にもなった。

小栗の父親も、製紙会社に勤務している。母は専業主婦で、四国中央市役所に勤める兄がいる。自身は地元の県立高校を出て、松山の国立大学に進んだ。卒業後、県警に入った。地元を離れて、十四年になる。言葉も、松山弁に近くなった。

「まあ。お前は男前やけんのう。地元ではモテたやろ？　目鼻も大きいて、はっきりしとるし。背も高《たこ》うて、細マッチョやけん。髪は、それパーマかけとんか？」

「天然です」

佐山の言葉に、小栗は苦笑するほかない。天然パーマの髪は、短く刈りこんである。

「見た目と違《ちご》て、真面目やし。そのスーツは、ブランド品やろ？」

「いやいや。量販店の吊《つ》るしですよ」

むしろ、佐山の方が高級品を着ている。外では、ウィンドブレーカーが必要な季節となった。店内は暖かく、脱いで椅子の背もたれにかけている。小栗が見る限り、スーツの生地は上等だ。

一人用のアルミ鍋が運ばれてきた。鍋焼きうどんが入っている。少し早い昼食だった。佐山は言う。

「外回りの特権やけんな、早い昼飯は。店が混む前で良かったわい。口に合えばええがのう。松山の鍋焼きは甘いし、それに柔らかいけん」

鍋焼きというだけあって、熱々だった。気をつけて、蓋を取る。総じて、愛媛の味は甘口となっている。特に、松山の麺類――中華そばやうどんは、他県の人間が驚くほどだ。

「熱っ！」

小栗は、箸を止めた。思わず咳《せ》きこむ。佐山が驚き、軽く笑った。

「お前、猫舌か？　熱いけん、気ィつけよ」

何とか冷まして、ゆっくり啜《すす》る。美味かった。柔らかくもある。甘い味つけは、癖になる者も多いだろう。佐山は、熱さを物ともしていない。

「お前。他署《よそ》の応援ぎりなんやろが？　大変やのう」

小栗は、所属以外のサポートに向かわされることが多い。南署に特別捜査本部が設置されたことから、今回も派遣が決まった。先週、一一月一〇日に着任した。県外から、連続強盗殺人犯が逃亡してきたとの情報がある。注目を集めている事案だった。

小栗は、佐山と組むことになった。主に、地取りを担当している。

佐山は、松山市の出身だった。長身で中肉、筋肉質な身体《からだ》を薄く脂肪が覆っている。大柄だ。

目鼻立ちが整っているのは、佐山の方だ。眼光が鋭く、渋い顔をしている。昭和に活躍した東映の俳優を思わせる。

「昔、香川県警から客が来たけん。夜、皆で一杯やりよったんやが。何を思たんか、署長が〝讃岐うどんより、小田《おだ》のたらいうどんの方が美味い〟て言い出してのう」

同署長は、旧小田町の出身だった。現在は、内子町《うちこちょう》及び五十崎町《いかざきちょう》と合併している。同地区の名産品で文字どおり、たらいにうどんが入っている。小栗も一度食べたが、美味かった。このときも、熱さには苦悶した。

「ほりゃ、味の好みは人それぞれやけどの。そんなん言われたら、香川の人間《にんげ》は胸が悪かろが。微妙な空気になってしもて。困ったわい、マジで。讃岐うどんに対抗意識燃やすんは、愛媛のオヤジあるあるよのう。うどんに、コシなんかいらんゆうて。そんな奴《やと》に限って、本場の香川で食わしたら黙るんやが」

佐山のアルミ鍋は、ほとんど空になっていた。小栗は、まだ半分ほど残っている。

「讃岐のうどんは、ほかの県とは基本設計が違うんやけん。あそこだけが、ちいと特殊なんやが。F1とリムジンがレースするようなもんよ。意味がないわい」

思わず笑って、小栗は軽く噴く。まだまだ熱い。食べ切るには、時間がかかりそうだ。猫舌にとって、美味さと熱さは並び立たない。

「ほうよ。今日から、お前の上司が来るんよのう」

午後には、壬生千代人が到着する。東署で、同じ係に所属する担当係長だ。

「知っとるんですか？」

「いや。会《お》うたことはないけど、有名人やけん。道後動物園のウルフか。お手並み拝見やのう」

道後動物園は強行犯第二係のあだ名だ。小栗は出張が多いため、しばらく会っていない係員もいる。

昼食を終え、店の外に出た。長い行列ができている。想像以上の人気ぶりだ。揃って銀天街へと歩いていく。

アーケード商店街を抜けると、人通りが減る。佐山が耳打ちしてきた。

「こないだ相談された件やけどの」小声で告げる。「心配いらんけん。任せとけよ、のう?」

一二時四三分

小栗は、佐山と松山南署へ戻った。

松山南署は、北土居《きたどい》三丁目にある。国道三三号沿い、松山ICの前だ。松山自動車道への入り口となるため、交通量が多い。

周辺一帯は、賑《にぎ》やかだ。大型店舗が並ぶ。署の近くには、書店がある。向かいはファストフード、隣はパチンコ店だ。どれも、県内きっての有名チェーンだった。

南署庁舎はモダンな造りで、大きく綺麗《きれい》だ。組織自体も、平成になって新設された。愛媛県警では、もっとも新しい署となる。

空は、厚い雲に覆われたままだ。曇天を背景に、くすんだ色の庁舎は輪郭が曖昧に見える。

入った途端、慌ただしさが漂う。見慣れない顔もある。本日から、さらなる人員増強が行われる。

壬生の派遣も、その一環だった。

大会議室へと向かう。入り口には、大きな戒名があった。重々しく、達筆で綴《つづ》られている。

〝警察庁広域重要指定第三二一号事件特別捜査本部〟

連続強盗殺人犯が、愛媛県内に逃走を図った。松山市内で目撃されている。土地鑑もあると見られる。県外では、すでに二名の被害者が出ていた。

会議室内は、捜査員で溢《あふ》れていた。もっとも多いのは南署員と、県警本部捜査第一課員だ。ほかの署から、応援に来た者も目立つ。

「よう、ウマちゃん。大事ないか？」

背後から、声をかけられた。壬生だった。〝ウマちゃん〟は小栗のあだ名だ。長身で、身体つきは逞《たくま》しい。目立つ眉は、形が整って太い。佐山と、雰囲気が似ていると思う。眼光の鋭さも共通している。やはり、松山市出身だ。少し細いのは、若いためか。三十九歳と聞いていた。

離婚後、定住所を持っていないそうだ。恋人の家か、ピンク映画館で寝泊まりしている。警察官はもちろん、一般的な公務員でも許されないのではないか。

愛車は、九〇年代初めの黒いトヨタ・スープラだ。小栗は車に詳しくないが、上品な趣味ではないらしい。女性署員は、暴走族呼ばわりしている。

性格は豪放、常に堂々としている。細かいことは気にしないが、周囲を無視した一匹狼《おおかみ》とも違う。あえて言うなら、大人の男といった感じだろうか。

「お前も外回りぎりさして、すまんのう」

　壬生が肩を叩いてくる。佐山と目が合ったようだ。

「どうも。東署の壬生です。うちの小栗が、お世話になっとります」

　壬生の一礼に、佐山が応じる。

「いえいえ。小栗くんに助けてもろうとるんは、こっちの方やけん。ありがたく思とります。南署の佐山言います。そっちも人手が足らんやろうに、すんません」

「いや、もう広域指定じゃのゆうたら、非常事態ですけんな。わしも今日から、こっちに詰めさせてもらいますけん。よろしに、お願いします。できることはしますけん、何でも言《ゆ》うてください。じゃあ、ウマちゃん。また、あとでの」

　会議室の中央へと、壬生が移動していく。所属によって、ある程度の席が割り振られている。整理した方が、顔合わせに都合がいいとの判断だろう。

　壬生が進んでいく。行く手に、捜査第一課の警部である新澤がいた。

「おう。ウルフ様、久しぶりやのう」

　壬生と鉢合わせた新澤が言う。友好的な口調ではない。草野の件があるからだろう。

　強行犯第二係の統括係長、草野は病気休職中だ。メンタルの不調による。小栗が他署の応援要員になる前だから、かなり長く療養している。新澤とは、同期の親友らしい。

新澤は、休職の原因は第二係員にあると考えた。ゆえに、目の敵にしているとの噂だ。壬生に対する態度は、その現れだった。小栗も、無視同然に扱われている。新澤は、特に吾味梨香子を毛嫌いしていた。壬生と同じ、警部補の担当係長だ。草野の病休は、吾味のせいだと県警内ではよく言われる。小栗の意見は違う。頻繁に衝突してはいたが、傍で見た限り、休職の理由とまでは思えない。確信があるわけではなかったが。

「元気が有り余っとるみたいで、何よりぞな。まあ、仲良《なかよ》にしてやってくださいや」半笑いで吐き捨て、壬生が着席する。聞こえよがしに、新澤が舌打ちした。

「意外と、普通のおいさんやのう」佐山が呟《つぶや》く。「もうちょい孤独人《はせだもん》かと思とったが」自分たちの席へと移動する。前からいる小栗は、席も南署員と同じだ。椅子に座り、息を吐く。小栗は緊張していた。掌《てのひら》が汗ばんでいる。

一三時〇〇分

捜査会議が始まった。幹部による訓示が行われる。

県警本部刑事部長が、最初に立ち上がった。捜査本部長となる。続いて、副本部長の松山南署長にマイクが渡る。両者とも長時間にわたったが、内容は共通し、一言に要約できた。

「愛媛県警の威信にかけて、県内で被害が発生する前に、被疑者を確保せよ」

司会は、松山南署の刑事課長が担っている。井桁久作《いげたきゅうさく》という警部で、五十一歳と聞いている。

小太りで、背も警察官としては中ぐらいだ。ぎょろ目で、頬は弛《たる》みがち、腹も出ている。頭を剃《そ》り上げているのは、薄くなったからか。重要事案を前にして、顔を引き締めている。普段なら、温厚そうな顔立ちに見えるだろう。

「新しく応援に来てもろた方々もおられるんで、事案内容の確認をしたい思います。お手元に配布の資料をご覧ください――」

司会の課長が説明に入った。各座席には、A4サイズの捜査資料が配布されている。

警察庁広域重要指定第三二一号事件は、神奈川県内から始まった。

被疑者の名は、清宮万里男《きよみやまりお》。ゆえに〝清宮事件〟とも通称される。

「清宮は、神奈川県大和《やまと》市の出身で、二十七歳。犯行当時は、横浜市保土ヶ谷区に住んどりました。身体的特徴としましては、中背で痩せ型。子どもの頃から剣道しとったそうで、ぴいんと背筋が伸《の》んどります」

小栗は、資料に添付された顔写真を見た。各パーツが小さく、すっきりした印象だった。優し気な感じもする。二人も殺害した強盗、全国指名手配された凶悪犯には見えない。

「大和市の実家には、電機メーカーに勤務しとる父親、パートの母親、短大生の妹がおります——」

清宮自身は市内の県立高校から、横浜市内の大学へ進学。一人暮らしを始めた。卒業後は横浜に留《とど》まり、派遣社員をしていた。

「幼少時から口が上手《うも》うて、調子のええ人間やったと評判です。虚言癖があったとの証言もあります。趣味はナイフ蒐集《しゅうしゅう》。凶器に使われたんも、そのコレクションらしいです」

主に、モーラナイフと呼ばれるブランドを集めていたという。スウェーデンのモーラ市で製造されている。王室御用達といわれる逸品だ。キャンプ等アウトドアライフで、よく使用される。

清宮に、アウトドアの趣味があったという情報はない。事ここに至っては、当初から凶器として集めていたとの見方が強い。ちなみに、今までの犯行では、凶器は現場に残されている。

最初の犯行は一〇月二五日、月曜日の深夜に行われた。現場は、清宮が住んでいたアパートの隣室。居住していた男性を刺殺し、金品を強奪した。

「被害者の名は、北川賢治《きたがわけんじ》。七十二歳。妻と死別後、犯行現場となったアパートで、一人暮らしをしとりました。ある程度まとまった現金が手元にないと、安心できん性格やったらしいです。親族の証言では、部屋に三十万ぐらい置いとったんやないかと。もちろん、犯行後は発見されとりません」

よって、被害額は三十万円程度と推察される。動機は、遊ぶ金欲しさと見られていた。派遣社員の給与では賄えないほど、派手に浪費していたとの証言がある。被疑者は、隣家へ窃盗に入った。そこを住人に発見され、凶行に及んだ。神奈川県警は、現場の状況からそう判断している。

犯人は、被害者の胸部や腹部をめった刺しにしていた。当然、かなりの返り血を浴びる。逃走前に、現場の室内でシャワーまで使用していた。血まみれとなった服は放置、北川氏の服を着ていったと見られる。どういう神経をしているのか。小栗には理解不能だ。

「清宮は、愛車のトヨタ・86で逃走を図っとります。かなりの高級車ですが、新車で購入しとりました。ほかの遊興費同様、車にも相当の金をつぎ込んどったようです」

次の被害は、愛知県名古屋市内において発生した。一一月三日水曜日、文化の日だ。被害者の松尾優菜《まつおゆうな》は二十五歳、飲食店勤務。同市内において、一人暮らしをしていた。

「清宮はマッチングアプリで、被害女性と知り合《お》うたようです。同女性のスマホに、履歴が残っとりました。アプリの開発会社にも、愛知県警が確認を取っとります。同日二〇時ごろ、連れ立ってファッションホテルに向かい、刺殺――」

犯行の様子は、横浜の事案と共通している。刺し方に、事後のシャワーまで。逃走用の服は、事前に用意していたと見られる。

清宮は、現場のファッションホテルにトヨタ・86を放置していた。清算しなければ、車庫は開かない。室内で支払うため、フロントと顔を合わせる必要はなかった。

なぜ、車を置き去りにしたのか。使用料を惜しんだか。車で逃げ続けるのは、困難と判断したか。おそらく、両方だ。目立つ車種で、手配もされている。ホテルはナンバーの記録を取っていなかったが、途中の防犯カメラやNシステムには映像がある。

「被害女性は同日、ATMにて十万円を下ろしとります。愛知県警が、銀行に確認済みです」

清宮は口のうまさを駆使して、素性を偽った。何らかの口実を設け、被害者を騙《だま》した可能性があった。被害女性は孤独で、交際範囲も狭かったとの証言がある。逃走資金が底をついたことによる犯行と考えられた。当該十万円も発見されていない。

「清宮は、タクシーにより名古屋駅へ移動した模様。運転手の証言もあります」

その時点では、まだ全国指名手配となっていなかった。新幹線により、岡山方面に向かったことまでは確認できている。

岡山以西の足取りは、不明だ。一度、中国地方や九州方面に向かったか。四国に直接潜伏したか。

　事態を重く見た警察庁は、広域重要指定を行った。被害が複数の都道府県に及び、一丸となった捜査態勢が必要なときに適用される。同時に、全国公開捜査に踏み切る。

「一一月七日、日曜日の正午近く。JR松山駅において、清宮らしき人物を目撃したと、観光客から通報が入りました。被疑者は、母方の祖母が松山市和泉南《いずみみなみ》三丁目に居住しとりまして。同人は、すでに死亡しとるんですが。幼少時から、頻繁に訪問しとったそうです」

　よって、同地域に土地鑑があると思われる。潜伏している可能性が大きい。

　同日、和泉南地区を管轄する松山南署に、特別捜査本部が設置された。

　徹底した捜索を行ったが、清宮の足取りは一切摑《つか》めていない。

　目撃証言も、ありはする。電話等では、多く寄せられている。信憑性《しんぴょうせい》のあるものが、一つもないだけだ。地取りでも同様だった。

「被疑者は帽子やマスク、サングラス等で変装しとる模様です。JR松山駅でも、男子便所で洗顔しているところを目撃されとります――」

　何点かの補足事項を告げ、井桁の説明が終わる。代わりに、管理官の遠藤が立ち上がった。

「捜査の分担を発表します。事務《デスク》担当は、割り振り表を配布してください」

配られたペーパーに、視線を落とす。小栗は、変わらず佐山と組むことになった。隣接する古川北《ふるかわきた》一丁目の地取りを行う。

壬生は、南署の若手巡査と組まされていた。清宮の祖母について、関係者等の鑑取りを担当する。

小栗は、壬生の様子を見た。特に、動きはない。今のところは。

一六時五四分

「おらせんかったのう。どこに逃げとんやろか」

「はあ。そうですねえ」

ハンドルを握りながら、佐山が首を回す。小栗の答えは、生返事となった。疲労感がある。

「ああ、しんど。終《しま》いの見えん仕事が、一番疲れるのう」

佐山も、くたびれ果てたようだ。二人で、割り振られた古川北一丁目の地取り捜査を行ってきた。本日分を終え、帰途に就いたところだった。目撃情報その他、目立った成果はない。

同様の状況が、連日続いている。車で赴き、歩き回る。まともな回答が期待できない質問を繰り返す。署に戻り、虚《むな》しい報告をする。

夕刻が近づき、空の暗さが増す。気温も、一段と下がってきた。明日からはウィンドブレーカーより、コートの方がいいかも知れない。

「松山市内だけやのうて、市外とかも含めて、あちこち転々としとるんやろのう。ほやなかったら、ここまで人に見られんことないわい」

移動には、佐山の自家用車を使っていた。日産スカイライン、最新型のセダンだった。TVCMでもよく見かける。車体の色はくすんだ赤、臙脂《えんじ》というか小豆《あずき》色だ。高級車のようだ。

本来なら、若手の小栗が車を出すべきだろう。佐山の方から、自分の車を使おうと言ってくれた。運転が好きらしい。

世代だからだろう。小栗は車に関心がない。運転も好きではなかった。スズキ・ソリオは所有している。お洒落《しゃれ》なデザインが気に入った。一応、4ドア以上ではある。

新人時代には指導員がつく。彼の言いつけは守っているつもりだった。

「ええか。刑事は、4ドアセダンに乗らんといかんのやけん。カッコつけて、2ドアなんかに乗ったらいかんのぞな」

古い昭和の刑事《デカ》を思わせる人だった。スズキ・ソリオに乗っていると知ったら、雷を落とされるだろう。幸い、定年退職している。

確かに、佐山もセダンに乗っている。2ドアクーペの壬生が変わっているのだろう。しかも、典型的な〝ヤン車〟ときている。

スカイラインは、国道三三号に入った。南署が近い。帰宅時間帯だ。車の通行量も増えている。

「お前。何ぼ、あだ名がウマでもよ」

ヘッドライトを点灯させ、佐山が言う。渋滞に近い四車線道路が明るくなる。

「競馬にハマらんでもよかろが」

苦笑交じりの視線を向けてくる。ネット競馬を趣味としていることは告げてあった。それによって、消費者金融に多額の借金があることも。

「はあ、まあ……」

小栗は答え、佐山を窺《うかが》う。視線は、前方に戻っていた。

「わしに相談してくれてよかったわい。問題ないけんの。何とかしてやるけん。での、今晩空いとるか？　その件で、紹介したい人がおるんやが」

「あ、はい。大丈夫です」

うなずく小栗を、横目で確認したようだ。

「分かった。ほな、署に戻《もん》て報告しとこ。改めて言《ゆ》うようなこと、何もないけどの」

一九時二九分

小栗は、佐山に連れられて三番町へ向かった。

佐山のスカイラインで移動した。コインパーキングに駐車する。帰りは、代行運転を利用するそうだ。目指す場所は、歩いてすぐらしい。

捜査本部への報告は、簡単に終わった。成果なし。特に、異論もなかった。即座に、退勤できた。

小栗が見たところでは、南署内に佐山へ意見できる者は少ないようだ。

三番町では、多くの人々が行き交う。通りは、夜の様相を呈している。晩秋の繁華街は、煌《きら》びやかだった。元々のネオンに加えて、気の早いクリスマス・イルミネーションが光る。

一軒の居酒屋へ入った。郷土料理の店だった。自動ドアを抜けると、店員に案内された。予約してあったらしい。顔なじみでもあるようだ。佐山は名乗らなかった。

案内されたのは、二階の個室だった。廊下の最奥、隅の部屋になる。二人で、腰を落ち着けた。

「ここは味もええけど、部屋がしっかりしとるけんな」

佐山の言葉に、室内を見た。入り口の障子以外は、厚い壁に囲まれている。仕切り程度ではない。少々の話し声なら、隣に伝わることはないだろう。

「会わせたい人が到着したら、始めるけんの」

広い部屋ではない。六畳ほどだ。畳敷きの中央に、木製のテーブルが置かれている。椅子は四脚、上座が空いていた。

軽いノックが響く。佐山の返事を待って、店員が襖《ふすま》を開いた。

「遅なって、すまん」

案内されて現れたのは、南署刑事課長の井桁だった。コートを店員に渡し、上座に腰を下ろす。

「とりあえず、生中《なまちゅう》三つ持ってきてや」

佐山が、店員に告げた。コートを手に下がっていく。小栗と佐山のウィンドブレーカーも、フロントに預けてあった。

「今日も寒かったのう、外回りは大変よ」

井桁が、同情するように言う。うなずく佐山と世間話を始めた。

生ビールが到着するまでの間、会話は続いた。二人のことも、新たに少し分かった。井桁は伊予市、旧中山町《なかやまちょう》の出身だ。実家は、山間部で農家をしている。現在は父親のみ、母親は他界していた。兄妹も、愛媛を出ている。県外の国立大学卒業後、県警に入った。松山市内に居を構え、妻と高校生の娘がいる。

佐山の父は会社員だったが、早くに亡くしている。母は病気がち、妹の面倒も見なければならなかった。県立高校を出てすぐ、県警に就職した。懸命に働いていたところ、井桁が目をかけてくれたという。

「ほんと、感謝しとりますよ。わしみたいなもん、拾てくれて」

佐山が軽く頭を下げる。照れたように、井桁が手を振る。温厚そうな顔に、笑みが浮かぶ。

「もうええ。何べんも同《おんな》じこと言わんでも」

小栗についても、佐山は井桁に紹介した。出身地なども話す。

「ちいと大人しいけど、仕事は堅実やし。優秀ですよ」

「お前、三島の出か。悪いけど、わしゃ、あの匂いが苦手での」

製紙業が盛んなためか。風向きによっては、空気中にパルプの匂いが漂う。四国中央市と聞いて、その話題を振る愛媛県人は多い。

店員が戻ってきた。テーブルに、生ビールと小鉢が並ぶ。突き出しは、ふかの湯ざらしだった。熱湯に潜らせた魚の白身に、辛子味噌《みそ》が載っている。南予料理をメインとしているようだ。

「料理は、コースにしとりますけん」

井桁に話し、佐山は店員に告げる。

「こっちから呼ぶまで、料理は止めとってくれ」

乾杯して、それぞれ中ジョッキに口をつける。井桁が口を開いた。

「佐山から聞いたぞ。まだ若いのに、えらい借金があるそうやないか」

「すみません」小栗は頭を下げた。

「可哀《かわい》そうに。博奕《ばくち》の借金は、お巡りもやけど、ほかの公務員でも命取りやけんな。まあ、ええわい。心配要らん。わしらが、何とかしちゃるけん」

井桁が声に出して笑う。温厚な表情の中で、視線だけに力がある。猜疑《さいぎ》心の強さを感じさせた。剃り上げた頭を撫《な》でる。佐山は、薄く微笑《わら》っていた。

「よろしくお願いします」

再度一礼した小栗は、ふかを口に運んだ。確かに、美味い。

「ただ、ちいと手伝《てつど》おうてもらわんといかんことがあるけん」

井桁が告げる。笑みは消えていた。

「そんときが来たら、佐山を通して伝えよわい。それで、ええの？」

「はい。何でもしますけん」

小栗は、みたび頭を下げた。二人とも満足そうだ。

「腹が減ったのう。佐山、料理運ばしてくれや」

井桁の指示に、佐山が内線を取る。料理は、即座に運ばれてきた。太刀巻だった。太刀魚の身を竹に巻いて焼き、タレで味つけしてある。出来立てに見えた。猫舌の身では、少し冷ました方がいいだろう。

店員が去るのを待ち、井桁が続けた。

「いずれは、南署に来れるよう手配しちゃるけん。ほしたら、一緒に働けるしのう。その方が良かろうが」

小栗は、うなずくしかなかった。

一二月一七日　水曜日　九時〇四分

早朝。一人暮らしの高齢女性が、刺殺体で発見された。

一報を受け、会議室内に緊張が走った。現場が、古川北三丁目だったからだ。清宮万里男の祖母が居住していた地域、和泉南三丁目に近い。潜伏の可能性が濃厚として、地取りも重点的に行ってきた。

「清宮じゃないやろのう」

佐山の呟きに、小栗も言葉がない。

「被害者の名は、矢久保佐和《やくぼさわ》。住所は古川北――」

機動捜査隊からの続報を、捜査本部員が会議室内へ伝える。

「手口が、清宮の犯行形態と酷似！」

特別捜査本部内が騒然となった。管理官の遠藤が叫ぶ。

「最低限の連絡要員だけ残してのう。あとは皆、臨場せえ！　早《はよ》う」

捜査員の大半が立ち上がる。捜査車両に分乗して、現場に向かった。

移動中も、情報は入り続けた。通報は、近隣の住人によるものだ。町内会長だという。町内会費を滞納されていたことから、被害者宅に朝駆けを行った。呼んでも、出てこない。腹立ちまぎれにドアノブを回すと、開いた。中の様子に異変を感じ、踏みこんだところ死体を発見した。

古川北の矢久保宅は、木造二階建ての一軒家だった。昭和の建築だろう。かなり古びている。屋根は濃紺、壁は焦げ茶。壁板の塗装は剝げかけ、屋根瓦も一部がずれている。

佐山とともに、降車する。運転手が、捜査車両を駐車可能位置に回す。小栗は現場に向かった。

家の中は狭いと聞いた。捜査員は、交替で実況見分するよう指示された。ビニール製のヘアキャップを被《かぶ》り、靴にカバーをする。手にもゴム手袋、ビニール製の歩行帯を歩いていく。

矢久保佐和の遺体は、一階の居間にあった。うつ伏せで、白髪しか見えない。きちんとした身なりをしている。パジャマや、部屋着ではない。佐山が呟く。

「客が来とったんかのう」

居間は、四畳半ほどの畳張りだ。中央には、すでに炬燵《こたつ》が出ている。うつ伏せの死体から血痕が赤黒く、生乾きのまま広がっていた。一部は、畳と炬燵布団に吸われたようだ。

「胸や腹を、めった刺しやけん」鑑識課員が説明する。「やり口は、清宮と似とる」

室内は、物色されているようだ。たんすの引き出しが、すべて引き出されている。愛想のない部屋だった。家具は最小限、色合いも地味だ。人形や、ぬいぐるみ類もない。壁のカレンダーは無地で、かかる時計は埃《ほこり》を被っていた。彩りに欠ける。

死体の横には、凶器が残されていた。やはり、スウェーデン製のモーラナイフだ。

「現金が見当たらんのう」

室内を撮影していた鑑識課員が呟く。小栗たちは居間から移動した。

階段は二階へと続く。畳敷きの部屋が二つ、どちらも四畳半の広さだ。

一階は死体のある居間と台所、あとはトイレに風呂だけだ。狭い家だった。

風呂場を確認していた鑑識課員が、顔を出す。

「やっぱし、風呂使《つこ》とるのう。シャワー浴びて出たみたいやけん。横浜や名古屋と同《つ》じ《ぃ》ゃ。ほやけど、マル被の服がないんよ。相当、返り血浴びとるはずやけんな。何で今回だけ、服持ち帰ったんやろ？」

遺体の運び出し準備が進む。司法解剖に回すためだ。台所で、次の捜査員が待っている。順番で、現場を見せなければならない。小栗と佐山は、外に出た。

矢久保宅の所在地は、大型スーパーの裏手に当たる。密集した住宅街だった。家々は、どれも古びて見えた。面する道路も広くない。

区画ごとに、色合いが変わる地域だった。はなみずき通りなどの新設道路端《ばた》は、新興住宅街となる。古くからの道路沿いには、昔からの家々が並ぶ。被害者宅は後者だった。人口が多いためか、飲食店等の店舗が目立つ。県外からの逃亡者が、潜伏できる場所は少ない。

暗い曇天だった。冬模様といっていい。一段と、冷えこみが厳しくなっている。小栗は襟を立てた。本日から、コートを着込んでいた。地味な色合いのビジネス用だ。

「ウマちゃん」

背後から、声をかけられた。壬生だった。

「お疲れ様です」

「えらいことになったのう。これからが、大変よ」

「おい！　集まってくれ」

　捜査第一課の新澤が声をかけた。捜査員たちが集合し、地取り及び鑑取りの分担が決められる。基本、コンビの組み合わせに変更はない。各自、担当地域に散っていく。

「ウルフのおいさん、何か言いよったか？」

　徒歩で分担箇所に向かいながら、佐山が訊《き》く。小栗は答えた。

「特には、何も」

「しっかりしてもらわんと困るのう。面倒なことになってきたけん」

　そのとおりだ。小栗は息を吐いた。

一四時〇〇分

　特別捜査本部の全捜査員に、招集がかかった。

　捜査会議が開催される。矢久保佐和殺害に関しては、一回目となる。地取り及び鑑取りは一時中断、途中経過を持ち寄る方針だ。

「現場状況の概略、ポンチ絵に落とし終わりました！」

「ほやったら早《はよ》う焼いてこんか！」

　事務《デスク》の席から、係長が叫ぶ。〝焼く〟とは、コピーするという意味だ。

小栗と佐山は、一〇分早く到着した。会議室内は殺気立っていた。捜査員が交錯し、怒号が飛び交う。ついに、県内から被害者が出た。本部内は張り詰めている。空気だけではない。捜査員の神経も、だ。

「迅速な捜査により、一刻も早い被疑者の発見及び確保を――」

捜査会議が始まった。捜査本部長等の訓示は、冒頭から熱がこもったものとなった。叱責に近い。

「早う、捜査資料配布してや」

司会の井桁も、口調が厳しい。被害女性の説明を行う。

「ご存知やと思いますが、被害女性の名は矢久保佐和。八十歳、無職――」

急いで、捜査資料が配布される。薄く、内容は写真とポンチ絵程度だ。

「夫とは、二十年前に死別しとります。それからは一人暮らし、子どもはおりません」

夫は仕事を転々としており、反社会的勢力との関係も噂《うわさ》されていた。

「組織犯罪対策課《ツタイ》にも確認取りました。当該夫は、特定の組に所属しとったことはありません。ただ、マルBとかなり深い関係にあったんは間違いないようです」

小栗は、資料内にある矢久保佐和の写真を見た。顔のアップと、全身だ。

極端に小柄で、さらに身体を丸めている。顔には、皺《しわ》が多い。細い目は、顔の横線に埋没している。

「検視結果の速報も届いとります。検視官の見立てでは、被害者は一昨日、一五日の深夜に亡くなった模様。詳しい死亡推定時刻は、現在しよる司法解剖の結果を待って——」

井桁が説明を終え、遠藤にマイクを回す。管理官が告げる。

「ほいじゃあ、地取りと鑑の結果、順ぐり言《ゆ》うていってくれ」

前方の捜査員が立ち上がる。聞き込み結果を発表していく。

「マル害は、近所づき合いをほとんどしとらんかったそうです。明るい人やとかいう評判もなかったようで。何か、疑ぐり深い目で見られたとかゆう話もありました。あんまし、ええように言《ゆ》うてくれる人間《にんげ》はおらんかったですけん」

「ほかに、交友関係ないんか？」

遠藤の質問に、別の捜査員が立つ。

「競輪その他、各種ギャンブルを趣味としとりました。そっち方面に、友人等おらんか当たりよります。ですが、どうも交際範囲は麻雀《マージャン》仲間等に限られるようでして。詳細は調査中です」

「経済状況は？」

「羽振りは、かなりよかったとの証言は取れとります。ただ、年金以外の収入源が分からんので。ギャンブルに加えて、頻繁に海外旅行とかもしとったようやし。大きく散財しとった模様です」

「清宮との関連は、何か出てきてないんか？」

「神奈川及び愛知県警に、協力要請しました。犯行手口の確認もしてもろとります。結果、清宮による可能性が極めて高いとのことです。使用されたナイフの銘柄もいっしょやし、刺し方や凶器を残す点も共通しとりますけん」

その他、清宮と被害者の接点は発見されていない。近隣の目撃情報もなかった。

報告が終わり、管理官の遠藤が結論づける。

犯行は、清宮万里男によるものと断定する。松山市内始め県下全域に、緊急配備を行う。併せて、中四国の各県警に協力要請と警戒を呼びかける。

「捜査の振り分けに関しましては各自、現在の担当を継続のこと。なお、県警全捜査員に対し、防刃着の着用及び拳銃携帯命令を発令します。無傷の身柄確保を最優先としますが、抵抗を試みられた場合には、即時発砲も許可。以上です！」

捜査会議が終了した。全捜査員が散り始める。

「じゃあ、ウマちゃん。行こや」

佐山が立ち上がる。あとを追おうとした小栗は、壬生を見た。

壬生はひな壇に向かい、管理官や署長と何かを話していた。

一一月一九日　金曜日　一七時四九分

小栗は、佐山とともにスカイラインで移動していた。松山南環状線を通って、国道三三号方面へ向かっている。

晴れ渡った一日だった。放射冷却により、朝から寒かった。

夕刻を迎え、道路は混雑している。帰宅ラッシュが始まる時間帯だった。

晩秋は、暮れるのが早い。すでに、夜の風情だった。大型道路では、ヘッドライトと沿道のネオンが輝く。光量は、昼間と変わらない。

「地取りも、手ェ広げるんはええけどよ。何ちゃ収穫《みやげ》なしの手ぶらやけん。署に帰るんも、大儀《たいぎ》いのう」

車線変更しながら、佐山が言う。担当分を終え、報告のため南署へ戻るところだ。すべての捜査員について、連日のように担当範囲が拡大されている。

昨日。一八日の木曜も、捜査に進展は見られなかった。今日と同じだ。

小栗たちだけではない。捜査員全員が同様だった。清宮の行方は、杳《よう》として知れない。誰もが、一切の手がかりを摑んでいなかった。進展が見られない状況だ。

「あんだけ、マスコミも使《つこ》とんのに」

佐山が言う。矢久保殺害事案については、徹底した情報公開を行った。被疑者が清宮である旨も、オープンにしてあった。マスコミに、協力を求めた形だった。地元はもちろん、全国レベルでも報道が繰り返されていた。ネットも祭りの状態だ。全国的に、世論は沸騰している。

県内の主要道には、すべて検問を敷いた。鉄道の駅を始め、交通機関の基点にも捜査員を張りつけてある。ホテルなど宿泊施設は、大小問わず協力依頼した。県内に、被疑者の逃げ場はないはずだ。

なぜ、何の情報も入ってこないのか。県警上層部も頭を抱えている。

一体どこに、どうやって潜んでいるのか。憶測だけが飛び交い、捜査は遅々として進まない。全捜査員が焦《じ》れていた。

佐山がスカイラインを右折させ、国道三三号に入る。対向車のハイビームが、目を射る。

「そこのコンビニに、車入れるけん」少し進むと、佐山が告げた。「携帯が震いよる」

進行方向に、コンビニエンスストアが見える。佐山が、スカイラインを入れた。駐車場に、頭から突っ込む。

小栗は視線を向けた。携帯を取り出し、佐山が通話を始める。相手が誰かは分からない。

「これからですか。……いや、えらい早いけん。小栗もいっしょに？　……はい、ええですよ」

しばらく話してから、電話を切った。

「課長よ」井桁だったらしい。「未確認情報なんやが、古川北二丁目のカラオケボックスに、怪しい男が入店しとるらしい。ただ、えらいあやふやなネタらしいけん。清宮かどうかも、よう分からんのよ。で、確認してくれやと。手は出さんとの。確かやったら、捜査員出す言いよるけん、行ってみよや」

一八時一八分

目指すカラオケボックスは、すぐに見つかった。

有名な全国チェーンだった。住宅密集地の中だが、敷地は広い。大きな駐車場も備えられている。周囲の家々は、まだ灯《あか》りが乏しい。店だけが、電飾で浮かび上がっていた。

「あそこに入れよわい」

隅の区画に、スカイラインを駐車した。エンジンを切る。ヒーターも止まり、冷気が忍びこんでくる。

外は闇に沈んでいる。車内も同様だった。光は駐車場の外灯だけだ。佐山の顔がシルエットになる。

「清宮は、二階の二〇五号室におるらしいけん」

「それじゃ、行きますか」

「いや。ちょい待て」運転席の佐山は動こうとしない。「その前に、お前と今後のこと話しとこ思てな。清宮パクったら忙しなるやろけん。先に済ましといた方がええやろ。こんな場所で何やけど、人に聞かれてもいかんけんな」

「ちょっと、僕の方からええですか?」

「何ぞ?」

佐山は前を向いたままだ。小栗は一つ、息を吸いこんだ。

「矢久保さん殺したんは、佐山係長ですよね?」

佐山からの反応はなかった。静かに、顔だけが向けられる。暗がりの中、表情は確認できない。小栗は続ける。

「違うんですか?」

「何で、そう思うんぞ?」

「今まで雲隠れしとった清宮が、急に出てきた。それも、こんな矢久保殺害現場の近くで。できすぎです。最初からマル被と通じとったゆうんなら、話は別ですが」

「ほうか」佐山は、短く息を吐いた。「なるほどのう」

「清宮に、その罪を被せるつもりですか？　県内に逃げこんできた被疑者を、どうにかして一足早《はよ》うに確保した。密《ひそ》かに匿《かく》もうとったんでしょう。皆で何ぼ探しても、発見できんわけですよ。で、あのカラオケボックスに呼び出して。正当防衛にでも見せかけるつもりですか？」

小栗の問いに、佐山は微笑したように見えた。

「そこまで分かっとんやったら、話は早いわい」

佐山が身体をひねる。外灯の光が、微《かす》かに差しこむ。どうやって取り出したのか、手には拳銃が握られていた。

ニューナンブM60。昔ながらの警察拳銃だ。S&W製といった輸入品も貸与されつつあるが、見たことはなかった。

小栗は固まった。拳銃を凝視する。防刃着だけでは、銃弾を防ぎきれない。

「心配せんでええ。撃ったりしやせん。念のためよ」

銃口が逸《そ》らされた。小栗は息を吐き、佐山は言う。

「これで安心して、お前を仲間に引きこめるけんのう。報告《チク》ったりせんやろが。そんな真似《まね》したら、お前も一蓮托生《いちれんたくしょう》ぞ。博奕の件が、上層部《うえ》にバレてしまうんやけん。残りの県警人生、冷や飯喰《く》わされた挙句、借金だけが残るんぞな。ほんなん嫌やろ」

小栗は、視線を佐山に向けたままだった。声は、拳銃から聞こえる気がする。

「カラクリ説明しちゃろわい。わしと課長は、捜査の情報《ネタ》流しよったんやが。矢久保の婆《ばば》ァ、窓口にしての。あの女は死んだ旦那の縁で、ヤー公とか半グレどもにコネがあったけん。高《たこ》うに売れるんぞ。買いたいゆう客は、何ぼでもおるし。世の中、ろくでもない奴《やと》ぎりよ」

「…………」

「上手《うま》いこといきよったんやけどのう。あの業突く婆ァが調子に乗って、欲かきくさったんやが。分け前増やさんかったら、県警に自白《うと》ちゃるじゃの抜かしよるけん。わしらも困ってしもて。それで、しゃあなしにの」

「はあ…………」

「浮かん顔すな。お前は優秀やけん。よう、そこまで分かったわい」

左手で、小栗の肩を叩いてくる。右手は、拳銃を握ったままだ。

「わしが見込んだだけのことはあらい。大丈夫よ。商売は続けるけん。新しい窓口は、すぐ見つけちゃらい。お前も手伝えや。ほしたら、借金片づけるんなんかすぐよ」

「それは、ええんですが」

「お前の言《ゆ》うとおり、わしはこれから清宮を始末する」

改めて、視線が向く。目の色までは確認できない。

「お前も手伝え。心配せんでええ。手ェ出せなんて言わんけん。見よって、あとで正当防衛やったって上層部《うえ》に言《ゆ》うてくれたらええんやが。それだけやけん、いっしょに来てくれや。のぅ？」

小栗はうなずく。佐山が、運転席のドアに手を伸ばす。拳銃は、腰の後ろに戻した。

「ほやったら、行こか」

佐山の言葉で、車を出た。ともに、後部座席からコートを取る。背広だけでは、肌寒すぎる。

スカイラインをロックし、カラオケボックスへと歩き出す。揃って、駐車場を抜けていく。途中、佐山が口を開いた。

「あのウルフじゃのゆうのも、大したことなかったのぅ。事の顚末なんか、誰にも分かりゃせんゆうことよ」

カラオケボックスのネオンが、佐山を照らす。微笑っていた。店の入り口前に着く。

「狩りモードとやらも、見てみたかったんやけどのぅ。発動なんかしよらせん」

「もう、発動したあとやったけんやないですか？」

小栗が告げると同時に、周囲が明るくなった。強烈な光だった。サーチライトに照らされている。

捜査員に囲まれていた。制服と私服が入り乱れている。管理官の遠藤が叫ぶ。

「佐山！　武器を捨てて大人しくせえ。無駄な抵抗すなよ！」

「早よ、清宮も確保せえや！」

捜査第一課の新澤が叫ぶ。壬生が返す。

「言われんでも行きます」

壬生と数名の捜査員が、カラオケボックスの店内へと飛びこんでいく。

「立ち止まらんといてください。早く行って！」

制服警察官が、足を止める通行人に叫ぶ。金曜夕方の住宅街は、混乱の極みにあった。騒然とした雰囲気に、住民の視線が集まり、車が徐行する。

制服警察官数名が、野次馬の制止と交通整理に誘導棒を振る。カラオケボックス前には、三角コーンも並んでいる。

捜査員たちが、佐山を包囲している。拳銃が取り上げられ、一人の手には手錠があった。

小栗は、一歩下がって見ていた。

「どうなっとんぞ！　清宮の確保は、まだか？」

遠藤が、苛立《いらだ》った声を出す。佐山は連行済みだった。新澤たちとともに、南署へ向かっている。

管理官自らが、店内に踏みこむ。小栗も、あとを追った。何かあったのか。壬生なら心配ないはずだが、確認はしておきたい。

二階の廊下に出る。二〇五号室の前には、人だかりができていた。数人の捜査員が、ドアノブに取りついている。壬生の姿もあった。

廊下に、捜査員一名が横たわっていた。ほかの者が、顔をタオルで押さえている。額辺りが切れているのか、激しく出血しているようだ。

「何、とろとろしよんぞ！」

管理官の叱責が飛ぶ。慌てて、捜査員が状況を説明する。

二〇五号室に踏みこんだところ、清宮は呑気《のんき》にマイクを握っていた。なぜか、昭和の人気歌謡を選曲していたという。

気づいた清宮は、生ビールのジョッキを投げつけてきた。捜査員は額を割られ、昏《こん》倒《とう》した。

混乱に乗じ、清宮はドアを閉じた。即席のバリケードで封鎖した。

「構んけん。ドア押し破れや！」

遠藤が言うと同時に、壬生が体当たりした。ドアが押しこまれる。小栗その他の捜査員たちは、背後に回った。

壬生が、二〇五号室に入っていく。バリケードに使っていたのか、テーブルやソファが散乱している。奥に、見覚えのある顔があった。

清宮だ。ナイフを手にしていた。一連の犯行に使用されたものと、同じタイプに見えた。壬生とは、かなりの身長差がある。

「いよいよ始末《のふぞう》が悪いやのう。戯《つばえ》るんも大概にせえよ」

壬生が吐き捨てる。清宮が叫び返す。

「うるせえ！　何言ってるか、分かんねえんだよ。日本語喋《しゃべ》れ、コラ！」

ナイフが振り回される。壬生の方が速い。突き出された刃も躱《かわ》す。低い姿勢から、右手で首を狙う。獲物の喉笛に喰らいつく狼そのものだ。

壬生の掌が、清宮の首を捉えた。長い手指が巻きつき、片手で絞め上げていく。

「おう。〝ウルフの喉輪〟か」管理官が、呑気に声をかける。「久しぶりに見たのう。やりすぎんようにな。落とされんぞ」

確かに、落としそうな勢いだった。頸動脈《けいどうみゃく》を指で圧迫しているのか、清宮の顔が赤黒く染まる。ナイフを握った腕は、力なく垂れていた。

飛びこんだ捜査員二名が、清宮を両脇から押さえる。壬生は手を離した。

清宮が咳《せ》きこみながら、ナイフを床に落とす。さらに、捜査員が飛びかかる。被疑者は絨毯《じゅうたん》の上にねじ伏せられ、手錠をかけられた。廊下から、遠藤が告げる。

「一八時四九分、殺人未遂容疑で、現行犯逮捕するけんな。人に向けてナイフ振り回したんやけん、当然やろ。ええな！」

一一月二二日　月曜日　一七時三八分

小栗は壬生とともに、伊予鉄横河原線に乗っていた。終点まで向かう。小雪《しょうせつ》と呼ばれる日だ。朝からどんよりと曇り、風が強かった。先週以上に、気温も下がっている。

松山東署を退勤し、市内電車で松山市駅まで向かい、乗り換えた。横河原線は一般的な車両で、三両編成だ。郊外電車と呼ばれている。

電車内では無言だった。警察官と分かる話はしない。誰が聞いているか分からないからだ。

今までの経緯等を、小栗は思い出していた。

小栗が佐山たちに接近したのは、壬生の指示だった。

「南署管内でのう。情報が漏れよるゆう話があるんやが」

壬生に告げたのは、東署刑事第一課長の米田だ。情報漏洩《ろうえい》の実行者は不明、詳細及び経路も摑めていない。ただ、大小さまざまな事案において、被疑者を取り逃がすケースが相次いでいた。特に、反社会的勢力関係者に多い。

通常では、考えられない事態だった。警察の動きを、事前に察知されない限りは。

対応に苦慮した南署上層部は、県警本部に相談した。話が松山東署、壬生のところに持ちこまれることとなった。

課長の命を受け、南署の失敗事例を壬生は検討した。井桁及び佐山が怪しいと、目星をつけた。しかし、証拠がない。小栗が呼び出されたのは、その頃だった。

「ウマちゃんよ。南署行ってくれんか？」

そう告げた壬生は、自分の右眉を触っていた。

壬生は、小栗を南署へ送りこんだ。一種の囮《おとり》捜査といっていい。下手すれば違法となる。

危険でもある。事が発覚すれば、井桁たちがどのような行動に出るか。危害を加えられる等、小栗の安全が保証できない恐れも十二分にあった。

問題が多いことは、関係者全員が認識していた。警察内部からの情報漏洩、対応に一刻の猶予もない。身内の膿《うみ》を出すためでもある。ほかに方法もなかった。県警上層部は、やむなく許可を出した。

壬生が言うなら、小栗に異論はなかった。

時を同じくして、〝清宮事件〟が愛媛県警を揺るがせた。県外から、飛び火した形だった。被疑者が、松山市内に逃走を図っている。しかも、南署管内に潜伏している可能性が高い。特別捜査本部が設置された。壬生は、小栗を派遣する口実に利用した。当該事案がなければ、別の方法を考えただろう。

「お前はネット競馬が趣味で、めっちゃ借金があることにするけんの」

壬生によって、小栗の設定が捏造《ねつぞう》された。競馬が趣味は事実無根、借金は既成事実を作った。小栗は、馬券など買ったこともない。借金の有無は、確認される恐れがある。実際に借り上げた。

「借金は手ェつけなよ」壬生は言った。「そっくりそのまま、耳揃えて返済に回すけん。利息は、南署の幹部らにカンパさしちゃろわい。こっちに丸投げしよったんやけん、それぐらいさしても罰《ばち》当たらんやろ。お前は払わんでええけんの」

小栗は、南署の特別捜査本部に派遣された。真の目的を知る者は限られた。南署幹部は、小栗を佐山と組ませた。事前の打ち合わせどおりに、手を回した形だった。

次の段取りも決まっていた。小栗が借金の件を相談、佐山の懐に入っていけばいい。

佐山との会話は、傍受されていた。コンビを組んだ日から金曜まで、すべてだ。小栗の身体に、隠しマイクが取りつけられていた。裁判所の許可も得ている。

佐山に矢久保殺害犯だと告げるタイミングは、前日に壬生から指示されていた。

「井桁か佐山が、清宮のこと見つけた言《ゆ》うたら、矢久保殺しの件を突きつけるんぞ」

結果、壬生が言ったとおりの反応を佐山は示した。

包囲された佐山は、抵抗もなく連行された。自ら投降したといっていい。

同時刻、南署において井桁が確保された。聞いた話では、泣きじゃくりながら抵抗したという。

小栗は即刻、東署に戻された。悪徳刑事とはいえ、南署員にとっては身内だ。〝騙して挙げた〟と取られかねない。快く思わない者もいるだろう。安全面その他、配慮された形だった。

その後のことは、本日の午後に壬生から聞いた。

佐山、井桁、清宮の三名に対する聴取は、金曜の夜から開始された。全員が供述を始めている。

「佐山は、父親を早《はよ》うに亡くしとったらしいのう」

壬生の言葉に、小栗はうなずいた。火曜の夜、居酒屋で聞かされていた。

「若い、それこそ学生の頃から、家族の面倒を見よったゆうやないか。ほやけん、高校出てすぐ県警入ったんやろ。それからも、苦労続きで。母親は病弱やし、妹は仕事が続かんうえに、散財癖もあったんやと。金銭面で、相当困っとったらしいわい。気の毒ではあらいのう」

井桁は、麻雀にはまりこんでいた。負けが続き、返済に苦慮していたと供述している。その関係から、矢久保と知り合ったらしい。

矢久保殺害を実行したのは、佐山だった。井桁の指示による。返り血は浴びたが、服を残せば清宮の犯行ではないと気づかれる。当初から、持ち帰る準備をしていた。

佐山と井桁が、清宮を確保した経緯も判明しつつある。

清宮は、矢久保佐和を訪問した。捜査情報を摑むためだ。松山の老婆からネタが買える。一部、闇サイトに流れていた。壬生が、井桁たちを疑った端緒でもあった。

「矢久保ん家《とこ》に来た清宮に、佐山と井桁は近づいたらしいわい。刑事や言《ゆ》うて」

矢久保殺害の罪を被ってくれたら、逃がしてやると持ちかけた。逃走資金も援助すると言った。清宮の供述とも合致する。

「警察官《サツ》がそんな話するなんて、信じられないじゃないっすか。最初はマジかよ、罠《わな》じゃねって思ったんすけど」

現役捜査員が、犯罪者の逃亡を幇助《ほうじょ》する。突拍子もない話は、かえって清宮を信用させることとなった。矢久保の仲間だという点も一因だった。矢久保と佐川たちの仲間割れまで聞き及んでいた。清宮は考えた。

「どうせ、逮捕されたようなもんすからね。殺した相手が一人増えても、ばっくれられんなら問題ないっしょ。たとえ、殺《や》ってなくてもね。二人も三人も同じじゃんって思って」

　どのみち、ほかに選択肢はない。金は使い果たしている。特に身体拘束などもなかったが、逃げようとは思わなかった。

「あの日は、井桁のおっさんから呼び出されたんすよ。〝カラオケボックスで待ってろ。約束の金やるから〟って」清宮は平然と語った。「逃げる段取りができたって話だったんすけどね。でも、おれのこと殺すつもりだったってマジすか？　ちょ、ふざけんなよ、あいつら」

　潜伏場所には、佐山のマンションを提供した。長らく、一人で暮らしていた部屋だ。清宮を一時匿《かくま》い、折りを見て消すつもりだった。井桁、佐山ともに同様の供述をしていた。

　清宮はすでに、神奈川県警に身柄を送られている。警察庁からの指示だった。今後のことは、愛知県警も交えて調整となる。

「佐山の奴《やと》が矢久保殺《バラ》すまで、お前を引きこまんかったんは」壬生は、小栗に言った。「片がつくまで巻きこんだらいかんと、気ィ遣《つこ》たんかも知れんのう。ここまでテンパっとっても、若いんにはええ顔したかったんやろ。おいさんの性《さが》やな」

「僕がもっとしっかりしとったら、矢久保は死なずにすんだんやないでしょうか？」

「ふん。自業自得よ。ロクな真似してこんかったんやけん。わしも神さんじゃないけんな。仲間割れしとるとまでは思わんかった。まあ、おかげで悪徳刑事どもを挙げられた。清宮もパクれたし。ええんやないか。あの婆さんも、ちいとは人の役に立ったんやけん。地獄に堕《お》ちても、悔いはないやろ」

壬生が嗤《わら》う。小栗の背中を、冷たいものが走った。


郊外電車は、終点の横河原駅に着いた。

壬生と小栗は、電車を降りた。駅舎を出て、重信川方面に歩いていく。同じ第二係に所属する山下聖の自宅がある。

大洲の知人から、川ガニが大量に送られてきたそうだ。肱川で獲《と》れたもので、ふるまってくれるという。ほかには課長と、第二係員が招待を受けている。担当係長の吾味と平上美玖は米田とともに、先に向かっている。

第二係にはもう一人、巡査部長がいる。こちらも応援要員で、松山西署に詰めていた。事案が難航し、本日は欠席するそうだ。

「手土産がいるのう」

壬生の提案で、途中の酒屋に寄る。地酒の一升瓶を購入し、小栗が提げた。

「あ、ウルフとウマやん」

山下宅前で、交通第二課の女性二人組と鉢合わせた。失礼な連中だ。小栗は〝ウマ〟呼ばわりされている。壬生が顔をしかめる。

「何しよんぞ、お前ら」

「米田課長から、お呼ばれよ。ウルフと違《ちご》て優しいけん」

一人が言い、もう一人もうなずく。

「ほうよ。あんたらみたいな下っ端は黙っときや。大体、ウルフは目つきがいやらしいんよ。セクハラオヤジやけん」

「今も、うちのおっぱい、変な目で見よった」

「やめ、お前ら。洒落にならんけん。今は、そうゆうん一発レッドカードなんぞ」

交通第二課の二人が、けらけら嗤う。壬生は、大げさに息を吐き出した。

家に入る。案内されたのは、広い畳の部屋だった。大きな座卓が、二つ組み合わされている。米田が胡坐《あぐら》をかいたまま、声をかけてくる。

「おう、来たか。今回は、ご苦労やったのう。お疲れさん」

二人で頭を下げた。課長は、満足気に何度もうなずく。

「千代が話持ってきたおりは、どないやろか思たけどのう。小栗の身が、危ないんやないかとも考えたし。でも、やってみてよかったわい。ウマ、ようやった」

「はいはい。できたぞ」

山下が、大皿を手に入ってくる。塩ゆでされた川ガニが、山盛りとなっていた。もうもうと湯気が上がっている。冷まさないと、小栗の口には入らないだろう。

とりあえずビールで乾杯し、宴《うたげ》が始まった。

「これ、どうやって食べるん?」

交通第二課女子が訊く。逆に、山下が問う。

「お前、上海蟹《シャンハイがに》食うたことないんか?」

「そんな高級なもん知らん」と吾味。

「私は、横浜の中華街で食べたことがあります」と平上。

「まず、甲羅を取っての。この横の白いんは〝ふんどし〟ゆうて食べれんけん、除《の》けてくれ。あとは雄《おん》やったら味噌、雌《めん》は味噌と卵を食うんよ。半分に割った方が、食いよい思うぞ」

赤くゆで上がった川ガニを手に、山下が説明していく。大ぶりで、はさみには柔らかい毛がある。雄か雌は、腹部の形状で判断する。一般に雌の卵が美味とされているが、通は雄を好むそうだ。交通第二課の一人が質問する。

「脚や体の身は、食べれんの?」

「いや。海の蟹と同じようにして食うたらええわい。ちいと少ないけどの」

「どうして、小栗先輩はウマちゃんなんですか？」

平上の問いに、山下が眉を寄せる。

「お前は、それぎりやの。あだ名の起源訊くんが趣味か？　昔のう〝オグリキャップ〟ゆう名馬がおったんやが。最後の有馬記念とかは伝説やけん。そこからよ」

宴は続く。室内は、暑いほど暖房が効いていた。

「しかし、井桁らは下作《げさく》なことしてくれたのう。マスコミとかも大騒ぎやぞ。異状《いなげ》なことになってしもとるけん。皆、ひいひい言いよらい」

米田が眉をひそめる。壬生は鼻を鳴らす。

「揉《も》めとんは、県警本部と南署やけん。わしらの知ったことやないですよ」

平然とのたまう。小栗は考える。いつか、自分もこうなれるのか。金曜のカラオケボックスを思い出す。

新澤たちに連行される前、小栗は佐山に話しかけた。

「今度こっちに出てこれたら、またいっしょに鍋焼きうどんでも」

小栗の言葉に、佐山は心底呆《あき》れたという顔をした。

「阿呆か、お前は。刑事が、前科者《モン》と飯行ってどうするんぞ。寝言は、猫舌直してから言えや」

佐山の背中を、小栗は無言で見送った。

「ああ、雪が降り出した！」

女性陣が、揃って窓辺に向かう。夜空を微かに、白いものがちらつく。

「えらい早いのう、今年は。寒いと思たわい」

「まあ、積もりはせんでしょうけど」

米田と山下が話す。壬生は、黙々と川ガニを食している。

晩秋の夕べを、初雪が舞う。積もれば、一瞬だけでも街の汚れを隠してくれる。そうなればいい。小栗は、心の中で願った。

本書のプロフィール

表題作「夏至のウルフ」の初出は「ＳＴＯＲＹ ＢＯＸ」（二〇二一年五月号）、他は書きおろしです。

小学館文庫

# 夏至《げし》のウルフ

著者　柏木伸介《かしわぎしんすけ》

二〇二一年十二月十二日　初版第一刷発行

発行人　石川和男
発行所　株式会社 小学館
〒一〇一-八〇〇一
東京都千代田区一ツ橋二-三-一
電話　編集〇三-三二三〇-五九五九
販売〇三-五二八一-三五五五
印刷所――中央精版印刷株式会社



この文庫の詳しい内容はインターネットで24時間ご覧になれます。
小学館公式ホームページ　https://www.shogakukan.co.jp


ISBN978-4-09-407099-6